LIÇÕES DE PORTUGUÊS
para nunca mais esquecer

Obras de Reinaldo Mathias Ferreira

A leitura na escola secundária. Londrina: Edição do autor.
Estudo dirigido de português (em 8 volumes: 1.ª a 8.ª série). São Paulo: Ática.
Comunicação – atividades de linguagem (em 8 volumes: 1.ª a 8.ª série). São Paulo: Ática.
Letrinhas amigas (Cartilha), em co-autoria. São Paulo: Ática.
Correspondência comercial e oficial (com técnicas de redação). São Paulo: Ática.
Português (em 4 volumes: 4.ª a 8.ª série). São Paulo: Ática.
Português supletivo (em 2 volumes). São Paulo: Ática.
Dicionário prático brasileiro, em co-autoria. Londrina: M. E. Furtado.

Obra de Reinaldo Mathias Ferreira e Rosaura de Araújo Ferreira Luppi

Pontos de apoio em português (5.ª e 6.ª série). Londrina: Edição dos autores.

LIÇÕES DE PORTUGUÊS
para nunca mais esquecer
Reinaldo Mathias Ferreira e
Rosaura de Araújo Ferreira Luppi

ilustrações
Marilia Pirillo

Martins Fontes
São Paulo   2004

*Copyright © 2004, Livraria Martins Fontes Editora Ltda.,
São Paulo, para a presente edição.*

1ª edição
abril de 2004

Acompanhamento editorial
*Márcia Lígia Guidin
Helena Guimarães Bittencourt*
Revisões gráficas
*Alessandra Miranda de Sá
Maria Luiza Favret
Dinarte Zorzanelli da Silva*
Produção gráfica
Geraldo Alves
Paginação/Fotolitos
Studio 3 Desenvolvimento Editorial

Dados Internacionais de Catalogação na Publicação (CIP)
(Câmara Brasileira do Livro, SP, Brasil)

Ferreira, Reinaldo Mathias
    Lições de português para nunca mais esquecer / Reinaldo Mathias Ferreira, Rosaura de Araújo Ferreira Luppi ; ilustrações Marilia Pirillo. – São Paulo : Martins Fontes, 2004.

Bibliografia.
ISBN 85-336-1975-8

    1. Português – Erros de uso 2. Português – Escrita 3. Português – Gramática 4. Português – Ortografia I. Luppi, Rosaura de Araújo Ferreira. II. Pirillo, Marilia. III. Título.

04-1722   CDD-469.5

Índices para catálogo sistemático:
1. Dúvidas gramaticais : Português : Lingüística   469.5

Todos os direitos desta edição reservados à
Livraria Martins Fontes Editora Ltda.
*Rua Conselheiro Ramalho, 330/340 01325-000 São Paulo SP Brasil
Tel. (11) 3241.3677 Fax (11) 3105.6867
e-mail: info@martinsfontes.com.br http://www.martinsfontes.com.br*

Índice

Apresentação — VII

Emprego de:
1. **sob** e **sobre** — 3
2. **mais**, **más**, **mas** — 5
3. **meio** e **menos** — 7
4. **qualquer** e **quaisquer** — 9
5. **-zinho(a)** ou **-inho(a)** — 12
6. sufixo **-zinho(a)** no plural — 14
7. **-ão** ou **-zão** — 16
8. **-íssimo(a)** — 19
9. **des-** como formador de **antônimos** — 22
10. **in-** como formador de **antônimos** — 24
11. **-ice** como formador de **substantivos** — 27
12. **da**, **dá**, **do**, **dó** — 30
13. **para**, **pára**, **por**, **pôr** — 32
14. **há**, **tem** e **têm** — 34
15. **aonde** e **onde** — 36
16. **ir a**, **ir de**, **ir em**, **ir para** — 38
17. **fico**, **fique**, **vejo**, **veja** — 41
18. **esteja** e **seja** — 43
19. **fazer** — 45
20. **vê**, **vêem**, **vem**, **vêm** — 48
21. **ver** e **vir** no **futuro** — 50
22. **particípio regular** e **irregular** — 53
23. **morar**, **residir**, **residente**, **domiciliado**, **situado** — 56
24. **a pouco** e **há pouco** — 58
25. **mal** e **mau** — 60

26. *mais bem* e *melhor* — 62
27. *todo, toda, todo o, toda a, todos os, todas as* — 64
28. *para eu* e *para mim* — 67
29. *porque, porquê, por que, por quê* — 70
30. *é boa, é bom, são boas, são bons* — 73
31. prefixos *ante-, anti-* e *re-* — 76
32. *cujo, cuja, cujos, cujas* — 79
33. pronomes oblíquos átonos com *função possessiva* — 82
34. pronomes oblíquos átonos depois do *verbo* — 85
35. preposição antes do *pronome relativo que* — 88
36. verbos com a palavra *se* — 91
37. um *adjetivo* para *dois* ou *mais substantivos* — 94
38. *verbo* com *sujeito simples* — 97
39. *verbo* com *sujeito composto* — 100
40. *e* ou *vírgula* nos numerais cardinais — 103
41. *numerais ordinais* — 106
42. *acento grave*, indicador da *crase* — 109
43. *vírgula* — 113
44. plural das *palavras compostas* — 116
45. palavras *homônimas* e *parônimas* — 119

Respostas das questões — 129
Índice remissivo — 155
Bibliografia — 157

Apresentação

A maneira de falar das pessoas é o resultado de longa exercitação no emprego de estruturas: estruturas que aprendemos por imitação principalmente de quem mais fala conosco. A criança que passa muito tempo com uma pessoa (mãe, babá, doméstica) que fala com certa correção, também fala com essa correção pelo menos aquilo que mais ouve. Convivendo com quem diariamente fala errado, adquirirá os mesmos vícios. Existem milhares de exemplos de erros não só de palavras, mas também de frases, que se repetem seguidamente porque se fez a imitação de um modelo incorreto. Estudos tantos existem para explicar o porquê desses fenômenos. Não é nosso objetivo trazê-los para aqui. Cabe-nos apenas lembrar que os erros (ou as formas diferentes de falar ou escrever, como querem os que afirmam não existirem erros, mas diversidade de registros), pela repetição, vão se fixando na linguagem até não mais causarem estranheza. Ora, o que não nos causa estranheza parece correto.

É por isso que tanta gente continua reclamando de comida *sonsa* (em lugar de *insossa*) e queixando-se de *ursa* (em lugar de *úlcera*) no estômago (o que não admira: deve ser insuportável!). E quando a moça diz que está *meia* cansada? Ou quando a funcionária pergunta à colega se aquela mercadoria já tinha *chego* (em vez de *chegado*)? E quando alguém mistura os verbos *ver* e *vir* e diz frases como esta: *Se eu ver ele quando vir do serviço, dou o recado?* Tanto erro numa só frase é capricho! E pior: às vezes o correto é que causa estranheza. Já não pareceu estranha ou pedante a pronúncia correta de *subsídio* (*s* com o próprio som de *s*)?

A par disso, existem as confusões entre palavras de formas semelhantes, mas de sentidos diversos, como *sob* e *sobre, fluvial* e *pluvial*, entre tantos outros. E existem, com menor freqüência embora, os erros cometidos exatamente para não cometê-los. É o caso de *malmita* (marmita), *escouva* (escova), *colhel* (colher), *igreija* (igreja), *prazeirosamente* (prazerosamente), *asterístico* (asterisco), *cadalço* (cadarço) etc.

Com relação às frases, os exemplos são muitos também daquelas que, deformadas por certos fenômenos semânticos, se repetem sem que se lhes verifique a lógica do conteúdo. São clássicos estes: *Fazer de gato sapato* (*sapato* em lugar de *so pata*, que equivale a *sob pata*). *Não se pescam trutas a barbas enxutas* (*barbas* em lugar de *bragas*, antigamente calção curto, ceroulas). *Estar em papos de aranha* (*papos* em vez de *pal-*

pos). *Em casa onde não há pão, todos gritam e ninguém tem razão* (*razão* em lugar de *ração*, que é o que continuam não tendo apesar da grita).

Há ainda o caso de expressões que, de tanto serem repetidas em determinadas situações (em forma de bordão ou de *jingle*), se incorporam à linguagem do grande público, tornando-se então lugares-comuns, ditos medíocres, quando não ridículos. São exemplos, entre milhares de outros: *Que esta data se repita por muitos e muitos anos. Aceite nossos protestos de elevada estima e alta consideração. Neste momento solene, tenho a subida honra de saudar a laboriosa e ordeira classe operária. Foi alvo de expressiva e calorosa manifestação de apreço. É algo que sói acontecer alhures. Morreu na aurora da vida, deixando um mar de saudades.*

Tudo isso pode ter conserto. É preciso para tanto refazer o mesmo caminho da aprendizagem, isto é: apresentar modelos corretos de estrutura e, principalmente, exercitar seu emprego suficientemente para incorporá-los ao uso diário. É exatamente isso que este livro propõe: a partir de explicações claras (portanto, descomplicadas) e geralmente sucintas, dar oportunidade para uma exercitação intensa. E mais adiante reencontrar as estruturas já exercitadas numa revisão.

Este livro é, também, um manual de fácil consulta para aquelas dúvidas que ocorrem em determinadas situações. (É certo dizer: *mais bem administrado?* Diz-se: *Ela havia pego ou pegado uma carona?*) O índice remissivo apresenta, por ordem alfabética, todos os tipos de dificuldades, o que o livro pretende desfazer.

Os autores

Lições de português

Lição 1. Emprego de *sob* e *sobre*

Emprega-se **sob** *(preposição) para indicar* abaixo de, no tempo de, no governo de: Com o barulho, o cão escondeu-se **sob** a mesa.

Emprega-se **sobre** *(preposição) para indicar* acima de, na parte superior, a respeito de: Ponha esse vaso **sobre** aquela mesa.

Observação: Quando em palavras compostas, há **hífen** *depois de:*
a. sob, *se em seguida houver* r: sob-rodas;
b. sobre, *se em seguida houver* h, r *ou* s: sobre-humano, sobre-rosado, sobre-solar.

Fixação estrutural

1. Escreva nos parênteses **1** se deve ocorrer **sob** e **2** se deve ocorrer **sobre**:

a. Enrolem bem esse tapete e coloquem-no ( ) aquele guarda-roupa.
b. Não sei por que essa mania boba de esconder tanto lixo ( ) o tapete.
c. É sabido que há países que ainda permanecem ( ) regimes ditatoriais.
d. Acredito que o conferencista exagerou ao discorrer ( ) o ecumenismo.
e. Saímos correndo ela e eu ( ) a forte chuva daquela tarde de verão.
f. Viajando ( ) neblina, use sempre luz baixa e não pare ( ) na pista.
g. Falo ( ) o assunto com autoridade porque estudei-o ( ) tais aspectos.
h. Enquanto estávamos ( ) o regime militar, nunca falei ( ) tal ideologia.
i. Tão belo o barco ( ) o mar, deslizando calmamente ( ) o luar de prata!
j. O homem está mesmo ( ) suspeita, mas não falará ( ) esse caso rumoroso.

2. Neste diálogo, ocorrido entre a patroa e a empregada, preencha as lacunas convenientemente com **sob** ou **sobre**:

a. – Marcelina, por que pôs estes sapatos _____ a cama?
b. – Ué! Porque vou passar a vassoura _____ a cama, e eles atrapalhavam.
c. – Tirou a poeira que estava _____ esta penteadeira?
d. – Eu tirei até a poeira que estava _____ o guarda-roupa.

e. – E que faz esta sujeira escondida _____ o tapete?
f. – Achei que ninguém ia olhar _____ o tapete...

3. Assinale os parênteses da coluna da direita conforme devam ser os quadrados substituídos por **sob** ou **sobre**:

a. Já não se põe mais pingüim de louça ❏ geladeira.   ( ) sob ( ) sobre
b. Dizem que pretendem construir um elevado ❏ esta rua.   ( ) sob ( ) sobre
c. Há quem até dance com uma garrafa em pé ❏ a cabeça.   ( ) sob ( ) sobre
d. Sabe que passa uma linha de metrô ❏ este prédio?   ( ) sob ( ) sobre
e. O mecânico deitou ❏ o carro e viu que havia vazamento.   ( ) sob ( ) sobre
f. Não sei ❏ que condições trabalharei nestes dias difíceis.   ( ) sob ( ) sobre

4. Preencha as lacunas com **sob** ou **sobre**:

a. Vivemos _____ um regime democrático e podemos falar _____ tudo.
b. O que decidiu _____ a proposta que deixei _____ sua mesa?
c. Discorria _____ clonagem quando caiu aquela chuva _____ a cidade.
d. Sentamo-nos _____ a relva, mas pouco ficamos ali _____ sol tão forte.
e. Votamos a matéria _____ a pressão dos jornais que investiram _____ nós.

Lição 2. Emprego de *mais*, *más*, *mas*

Mais é antônimo de menos. Más é feminino de maus e sinônimo de ruins. Mas é sinônimo de porém.
Observação: É conveniente usar vírgula antes de mas.

Fixação estrutural

1. Preencha as lacunas com **mais**, **más** ou **mas**:

a. Agora a gente só lê _____ notícias nesses jornais.
b. De outra vez, traga-me o café com _____ açúcar.
c. Vesti o paletó, _____ esqueci de vestir as calças.
d. Bem diz o ditado: "_____ amor e menos confiança".
e. Pessoas _____ há, _____ há muito _____ pessoas boas.
f. Cheguei _____ tarde, _____ fiz tudo bem certinho.
g. Tenho _____ notícias, _____ só as darei _____ tarde.
h. Sob _____ condições, dirija sempre com _____ cuidado.
i. Deixe que as _____ línguas falem o que _____ queiram.
j. Empenhem-se _____ para conseguirem _____ simpatia.

2. Ao fim do concurso "Garota Simpatia", realizado por uma escola, houve este diálogo entre uma das candidatas e um dos colegas de turma. Preencha as lacunas com **mais**, **más** ou **mas**:

a. – Pelo seu jeito, parece que traz _____ notícias, Joventino.

b. – Trago notícias, _____ não me parecem _____ .
c. – Ah! Não agüentaria _____ aborrecimentos!
d. – Você foi a candidata _____ votada no concurso da escola...
e. – Isso vai calar as _____ línguas, _____ aparecerão as invejosas!
f. – Você é a _____ nova eleita, _____ não creio que haja invejosas!
g. – Trabalhei tanto, dias e _____ dias em campanha, _____ consegui!
h. – Conseguiu! Você é a nova "Garota _____ antipática" da escola...

3. Por um erro de digitação, **mais**, **más** e **mas** aparecem nestes períodos com a mesma forma: **mais**. Corrija os erros, quando necessário:

a. Ando só, **mais** não ando **mais** em **mais** companhias. _____
b. As **mais** notícias são as que andam **mais** depressa. _____
c. Espero aqui um pouco **mais**, **mais** não se demore. _____
d. As **mais** condições do tempo impõem **mais** cuidados. _____
e. Deram-me **mais** acomodações, **mais** até dormi bem. _____
f. Saímos bem **mais** cedo, **mais** surgiu um contratempo. _____
g. Ali havia **mais** intenções, **mais** quem imaginaria isso? _____
h. Haverá **mais** um intervalo, **mais** logo darei **mais** notícias. _____
i. Dizem que as **mais** patroas têm as **mais** empregadas. _____
j. Pode ir, **mais** não se demore lá por **mais** de meia hora. _____

Lição 3. Emprego de *meio* e *menos*

> *Emprega-se* **meio** *(invariável) quando for* **advérbio** *que modifica* **adjetivo**: As moças estavam **meio** tristes hoje. *Quando* meio *for* **numeral** *(significa* **metade***), concorda com o* **substantivo** *a que se refere:* Compre só **meia** dúzia de ovos. Traga **meio** queijo parmesão.
>
> *Emprega-se* **menos** *em todos os casos, já que é incorreto flexioná-lo:* Tenho **menos** dívidas agora que antes.

Fixação estrutural

1. Preencha as lacunas deste texto com **meio** ou **menos**, convenientemente:

    A rua estreita estava _____ iluminada que a praça por onde passara já _____ temerosa. Não admira que caminhasse com passadas _____ decididas, e o coração batesse _____ descompassado. Sons _____ abafados faziam-me crer que alguém caminhasse por perto, sem que eu pudesse ver qualquer vulto. Como os passos pareciam _____ distantes, parei _____ alarmada. Os passos pararam em seguida. Decidi, então, reagir ao medo e, _____ amedrontada, mas _____ titubeante, reiniciei a caminhada; os passos também. Demorou que eu percebesse, já _____ tensa e _____ desenxavida, que ouvia o som dos meus próprios passos, reproduzidos pelo eco.

2. Este diálogo ocorreu num táxi, cujo motorista dirige perigosamente. Preencha as lacunas das falas da passageira com **menos**, e as do motorista com **meio**:

a. – A senhora parece _____ preocupada.
b. – Pois é, senhor! Já estive _____ preocupada antes...
c. – As coisas andam _____ complicadas, dona.

d. – Sei disso, senhor. Vejo que certas pessoas andam _____ educadas...
e. – A senhora acha que por isso as corridas estão _____ escassas?
f. – Talvez porque o senhor esteja _____ cuidadoso.
g. – Vejo que a senhora é _____ medrosa.
h. – Ficaria _____ medrosa se o senhor voasse _____ alto!
i. – Hi!, dona, eu estava _____ distraído e o sinal estava fechado...
j. – Por isso o guarda vem atrás do senhor!
l. – E parece _____ zangado esse guarda.
m. – Fosse eu e não estaria _____ zangada.

3. Reescreva estes períodos, de modo que **tanto(a)** e **bastante** possam ser substituídos por **menos** e **meio**, respectivamente, sem mudar o sentido, como no exemplo:

Não ponham tanto sal na comida que minha pressão está bastante alterada.
Ponham menos sal na comida que minha pressão está meio alterada.

a. As moças estão bastante magoadas porque não ganharam tantas fotografias.

b. Não ficamos tanto tempo com você porque estávamos bastante atrasados.

c. Ficará bastante curta a saia se você não comprar tanto tecido para ela.

d. Já não há tanta imprudência no trânsito porque as ruas estão bastante congestionadas.

e. É bastante ríspida a carta porque a secretária não a redigiu com tanta cautela.

f. Não quero tanta discussão porque o tempo é bastante exíguo.

g. Há tanta mendicância nas ruas porque a vida de todos está bastante complicada.

Lição 4. Emprego de *qualquer* e *quaisquer*

Emprega-se qualquer (pronome indefinido) para indicar indivíduo, lugar, objeto *de* modo vago, impreciso, indeterminado: Acatarei *qualquer* sugestão que você fizer.

Observações:
a. O plural *de* qualquer é quaisquer: Faça por escrito *quaisquer* reclamações.
b. É desaconselhável empregar qualquer em frase negativa, como equivalente de nenhum. Diz-se de preferência: Não vejo nenhuma razão para isso (em vez de qualquer razão).
c. É desaconselhável também o emprego de qualquer um. Diz-se de preferência: Qualquer pessoa faz isso (em vez de qualquer um).

Fixação estrutural

1. Reescreva estas frases, flexionando para o plural as palavras destacadas:

a. Convém zelar sempre por qualquer **bem** que lhe for confiado.

b. Receberei qualquer **notícia** que vocês me queiram transmitir.

c. Qualquer **despesa** suplementar correrá por conta do comprador.

d. Adelaide vale-se de qualquer **pretexto** para faltar ao trabalho.

e. Você pode sempre contar conosco em qualquer **eventualidade**.

f. Qualquer que fosse a **decisão** da assembléia, haveria tumulto.

g. Havendo **obstáculo**, qualquer que seja, nós o transporemos.

h. Se fizermos qualquer **movimento**, a criança por certo acordará.

i. Cumprirei fielmente qualquer **ordem** que me for transmitida.

j. Qualquer que seja a **decisão** da assembléia, acatarei pacificamente.

2. Neste diálogo de duas moças, assinale com x na coluna da direita a forma que substitui corretamente os quadrados das falas:

a. – O Zezito está triste a ❑ hora. ( ) qualquer ( ) quaisquer
b. – Desse jeito, ❑ dia ele morre de tédio. ( ) qualquer ( ) quaisquer
c. – Coitado! Recusa ❑ divertimentos. ( ) qualquer ( ) quaisquer
d. – E até ❑ amizade. ( ) qualquer ( ) quaisquer
e. – Então! Recusa ❑ passeios. ( ) qualquer ( ) quaisquer
f. – Se é assim, farei ❑ coisa para alegrá-lo. ( ) qualquer ( ) quaisquer
g. – Como? Repele ❑ aproximação! ( ) qualquer ( ) quaisquer
h. – Mas eu vencerei ❑ dificuldades! ( ) qualquer ( ) quaisquer
i. – Espere aí! Expulse ❑ intenções de conquista! ( ) qualquer ( ) quaisquer
j. – Uai! Por quê? Há ❑ pontinha de ciúme? ( ) qualquer ( ) quaisquer
l. – Porque eu é que sinto ❑ coisa por ele... Ai! ( ) qualquer ( ) quaisquer

3. Assinale a alternativa que completa corretamente as lacunas destes períodos:

- Há _____ movimento na cidade contra as pretensões do prefeito.
- Pode comprar todo o material escolar exigido em _____ papelaria.
- Escreva e deposite aqui _____ reclamações contra a administração.

- Voltaremos com informações pormenorizadas a _____ momento.
- Refuto _____ argumentos contrários à tese que estou defendendo.

a. qualquer – qualquer – qualquer – qualquer – quaisquer
b. qualquer – qualquer – qualquer – quaisquer – quaisquer
c. quaisquer – quaisquer – quaisquer – qualquer – qualquer
d. qualquer – qualquer – quaisquer – qualquer – quaisquer

4. Preencha as lacunas com **qualquer** ou **quaisquer**:

a. Sob _____ circunstâncias, conte em _____ momento com esta mão amiga.
b. Sabemos muito bem que _____ pessoa pintaria bem essa parede.
c. Expulse do pensamento _____ intenções contrárias a seus princípios.
d. Se acaso precisar de mim, ligue para meu celular a _____ hora.
e. É verdade que este aparelho agora estará livre de _____ interferências?

Lição 5. Emprego de -zinho(a) ou -inho(a)

> Emprega-se -zinho(a) *para indicar diminutivo nas palavras:*
> a. **monossílabas**, *exceto as terminadas em* -s: *pê – pezinho; bar – barzinho;*
> b. **oxítonas**, *exceto as terminadas em* -s *e* -z: *café – cafezinho; jornal – jornalzinho;*
> c. **proparoxítonas**: *pérola – perolazinha; búfalo – bufalozinho;*
> d. **terminadas em** -ã, -ão, -m, -n: *irmã – irmãzinha; patrão – patrãozinho; álbum – albunzinho; éden – edenzinho;*
>
> Emprega-se -inho(a) *para indicar o diminutivo:*
> a. *em palavras* **oxítonas** *ou* **monossílabas** *terminadas em* -s *e* -z: *chinês – chinesinho; cartaz – cartazinho;*
> b. *nos outros casos: casa – casinha; sapato – sapatinho; brinco – brinquinho.*

Fixação estrutural

1. Complete os espaços com o diminutivo das palavras destacadas, empregando **-inho(a)** ou **-zinho(a)**:
   - Fez a **limpeza** que pedi?
   - Ah! Fiz uma _____.
   - Lavou as **cortinas**?
   - Ah! Lavei a _____ do banheiro.
   - Limpou os **vitrôs**?
   - Ah! Limpei o _____ da cozinha.
   - E o **café** que havia aqui?
   - Ah! Só tomei um _____.
   - Patroa, agora que fiz tudo, posso tirar uma **folga**?
   - Claro! Você merece. Tire uma _____ ...
   - Oba!
   - De dois minutos!

2. Preencha as lacunas destes períodos com os diminutivos das palavras destacadas, empregando **-inho(a)** ou **-zinho(a)**:

   a. Tirei tanto **pó** da sala que não ficou nem um _____.

b. Este **colar** é exagerado, mas aquele _____ é delicado.
c. Se lhe pedi um **prato**, por que me trouxe este _____ ?
d. Moça, preciso de um **paletó**; não de um _____ qualquer.
e. É possível que esse **elefante** seja o pai daquele _____ .
f. Se você tivesse **dinheiro**, ia lhe pedir algum _____ .
g. Sirva-me o chá naquela **xícara** e não nessa _____ .
h. Achei uma beleza aquela **égua**, amamentando a _____ .
i. É melhor trocar essa **lâmpada** por aquela _____ .
j. Cuidamos tanto do seu **animal** quanto deste _____ .

3. Neste diálogo, complete as lacunas com o diminutivo das palavras destacadas na fala anterior, utilizando **-inho(a)** ou **-zinho(a)**:

– Tenho este **cordão** e esta **pulseira**.
– Não passam de um _____ e de uma _____ à-toa!
– Tenho também este **anel** e esta **corrente**.
– Não passam de um _____ e de uma _____ à-toa!
– Tenho ainda este **broche** e esta **medalha**.
– Não passam de um _____ e de uma _____ à-toa!
– E tenho também esta **bicicleta** e este **velocípede**.
– Não passam de uma _____ e de um _____ à-toa!
– Que pena! Ser tudo tão pequeno e à-toa!
– Ué! Por que você diz isso?
– Porque vou dar tudo isso e assim nada vai lhe servir.
– Vai, sim! Vai, sim! Eu também sou pequeninha e não sou de muito luxo!

Lição 6. Emprego do sufixo -zinho(a) no plural

> Para flexionar para o plural as palavras diminutivas com sufixo -zinho(a), procede-se assim:
>
> a. *separa-se a palavra do sufixo: jornalzinho: jornal / zinho;*
> b. *flexiona-se para o plural a palavra e o sufixo: jornais / zinhos;*
> c. *elimina-se o s final da palavra: jornais – s = jornai;*
> d. *juntam-se novamente as partes resultantes: jornaizinhos.*

Fixação estrutural

1. Preencha as lacunas com o plural das palavras diminutivas destacadas e, a seguir, assinale a alternativa correta:

- Se este **plantelzinho** for dividido em dois, teremos dois _____?
- Ana queria um **colarzinho** e ganhou dois _____ e uma pulseira.
- Se uma **florzinha** só já é linda, imaginemos mil _____ juntas!
- Só encontrei aqui um **chapeuzinho**, mas preciso de três _____.
- Sendo insuficiente um **funilzinho**, serão insuficientes dois _____?

a. plantelinhos – colarezinhos – florezinhas – chapeizinhos – funilinhos
b. plantelzinhos – colarzinhos – florzinhas – chapeizinhos – funizinhos
c. plantelinhos – colarinhos – florezinhas – chapelinhos – funilzinhos
d. planteizinhos – colarezinhos – florezinhas – chapeuzinhos – funizinhos
e. planteizinhos – colarezinhos – florezinhas – chapeizinhos – funizinhos

2. Assinale o **único** período em que o diminutivo plural está **incorreto**:

a. A dose certa é uma colherzinha do remédio; nunca duas colherezinhas.
b. Conhecia uma irmãzinha sua, mas não conhecia todas as irmãzinhas.
c. Fiz dois aventalzinhos, embora você encomendasse só um aventalzinho.
d. Acham que sou um amorzinho, mas vocês é que são uns amorezinhos.
e. Seu broche tem uma perolazinha e o meu tem duas perolazinhas.

3. Neste diálogo, ocorrido numa venda entre o comerciante e a pequenina freguesa, complete os períodos com o plural conveniente:

 – Você me dá um pãozinho?
 – Dou até dois _____ .
 – Você me dá um caquizinho?
 – Dou até dois _____ .
 – Você me dá um pastelzinho?
 – Dou até dois _____ .
 – Você me dá um limãozinho?
 – Dou até dois _____ . Espere aí! Quem vai pagar a conta?
 – Que conta? Eu não comprei nada! Pedi e você me deu...

4. Preencha as lacunas com o diminutivo plural das palavras relacionadas:

a. **dedal:** Joana encomendou uns _____ , mas não os consegui.
b. **álbum:** Para que me serviriam esses _____ tão sem graça?
c. **ímã:** São estes _____ que prendem os enfeites na geladeira.
d. **árvore:** Que desperdício plantarem _____ tão novas assim!
e. **mamão:** Estes _____ são excelentes na refeição matinal.
f. **revólver:** É pouco educativo deixar crianças brincarem com esses _____ .
g. **atriz:** Creio que ninguém contrataria essas _____ inexperientes.
h. **pulôver:** Em pouco tempo, ela tricotou os _____ para os irmãos.
i. **farol:** A miniatura é tão perfeita que até os _____ acendem.
j. **animal:** Neste zoológico, só há alguns _____ muito comuns.

Lição 7. Emprego de -ão ou -zão

Emprega-se -zão *para formar o* aumentativo *das palavras:*
a. monossílabas, *exceto as terminadas em* -s*: boi – boizão; bar – barzão;*
b. oxítonas, *exceto as terminadas em* -s *e* -z*: paletó – paletozão; pardal – pardalzão;*
c. proparoxítonas*: cântaro – cantarozão; círculo – circulozão;*
d. terminadas em som nasal *(-*ão, -m*): portão – portãozão; marrom – marronzão.*

Emprega-se -ão *para formar o* aumentativo*:*
a. *em palavras* oxítonas *ou* monossílabas *terminadas em* -s *e* -z*: freguês – freguesão; giz – gizão;*
b. *nos demais casos: bonito – bonitão; cabelo – cabelão; poço – poção.*

Observações:
a. *Grande número de palavras tem* aumentativo *específico, encontráveis nos bons dicionários: bobo – bobalhão; cão – canzarrão; corpo – corpanzil; homem – homenzarrão etc.*
b. *A flexão para o* plural *desses aumentativos se faz geralmente pela troca de* -ão *por* -ões*: cachorrão – cachorrões; pezão – pezões.*
c. *A flexão para o* feminino *desses aumentativos se faz geralmente pela troca de* -ão *por* -ona*: bonitão – bonitona; grandão – grandona.*
d. *Em certos aumentativos, o* feminino *é necessário também na palavra que recebeu o* sufixo *-*ão *ou* -zão*: bonzão – boazona; alemão-zão – alemãzona.*

Fixação estrutural

1. Neste diálogo, ocorrido numa caminhada pelas ruas sempre esburacadas de uma cidade qualquer, escreva nas lacunas os aumentativos convenientes com **-ão** ou **-zão** das palavras destacadas:

   – Viu por aí um **alemão** de dois metros?
   – Não sei se vi esse _____. Ele é **bonito**?
   – Com esse tamanho é _____ ! Está de **paletó**.
   – Você quer dizer _____. Vão a um **jantar**?

– Um _____ à luz de velas. Belo **programa**!
– Um _____, sem dúvida. Ai!
– Cuidado para não cair nesse **buraco**!
– Depois que caí neste _____, você avisa!

2. Escreva nos parênteses o aumentativo com **-ão** ou **-zão** das palavras destacadas nestes períodos:

a. Assustei-me quando aquele **animal** avançou contra mim. (_____)
b. Meu carro foi abalroado por esse **caminhão** sem freios. (_____)
c. Esse **balcão**, num cômodo assim pequeno, vai destoar. (_____)
d. Antigamente, muitos homens dormiam de **camisola**. (_____)
e. Você viu a beleza daquele **anel** que ela está usando? (_____)
f. Numa sala grande, ficaria muito bem aquele **sofá**. (_____)
g. Por que a senhora fez esse **pão** para tão pouca gente? (_____)
h. No cartório, tive de assinar num **livro** deste tamanho. (_____)
i. Garota, vai te rasgar a orelha esse **brinco** tão pesado. (_____)
j. Por que dizem que certas coisas se resolvem no **tapete**? (_____)

3. Neste diálogo de garotos, algumas palavras se repetem no aumentativo com **-ão** ou **-zão**. Todos os aumentativos aí estão corretos, **exceto um**. Cite-o já corrigido.

– Meu pai tem um carro grande.
– Carro grande? Então, é carrão.

– Meu avô tem um caminhão grande.
– Caminhão grande? Então é caminhãozão.
– Meu tio tem um terreno grande.
– Terreno grande? Então, é terrenão.
– Meu primo tem um cachorro grande.
– Cachorro grande? Então, é cachorrão.
– Minha tia tem um jardim grande na casa dela.
– Jardim grande? Então, é jardinão.
– Minha irmã tem um televisor grande.
– Televisor grande? Então, é televisorzão.
– Eu só bebo em copo grande.
– Copo grande? É pau-d'água, é?

Lição 8. Emprego de -íssimo(a)

Emprega-se -íssimo(a) *para elevar ao máximo a significação do adjetivo. Para receber o acréscimo de* -íssimo(a), *o adjetivo sofre algumas modificações:*
a. *a* vogal final *desaparece: bonito +* íssimo = bonitíssimo;
b. m *(final) modifica-se para* n*: comum +* íssimo = comuníssimo;
c. -vel *(final) modifica-se para* -bil*: amável +* íssimo = amabilíssimo;
d. z *(final) modifica-se para* c*: feliz +* íssimo = felicíssimo;
e. c *(antes de* a, o, u*) na sílaba final modifica-se para* qu*: pouco +* íssimo = pouquíssimo;
f. g *(antes de* a, o, u*) na sílaba final modifica-se para* gu*: largo +* íssimo = larguíssimo.

Observação: Há casos em que o acréscimo de íssimo(a) *exige modificações maiores no adjetivo:*

agudo – acutíssimo
amargo – amaríssimo
amigo – amicíssimo
antigo – antiqüíssimo
cruel – crudelíssimo
doce – dulcíssimo

fiel – fidelíssimo
cristão – cristianíssimo
pessoal – personalíssimo
sábio – sapientíssimo
sagrado – sacratíssimo
simples – simplicíssimo

Fixação estrutural

1. Neste diálogo, ocorrido numa feira livre, entre um comerciante não muito honesto e uma freguesa, complete os períodos com os adjetivos destacados da fala anterior, acrescidos de -**íssimo(a)** para elevar ao máximo sua significação:

   – Estas frutas estão **doces**?
   – Como sempre, dona. São frutas _____.
   – Percebo que as frutas estão **frias**!
   – Sim. Estão _____, como sempre as conservo.
   – Ai! Mas há espinhos **agudos** em algumas frutas!
   – Os espinhos são _____ em algumas delas.
   – Tão poucas frutas pesaram tudo isso? Essa balança é **fiel**?
   – Esta balança é _____ como sempre, dona.

– Não parece, mas se o senhor diz... A honestidade é **sagrada**!
– É assim que penso. A honestidade é _____, dona.

2. Complete os períodos empregando os adjetivos destacados, acrescidos de **-íssimo(a)** para elevar ao máximo sua significação:

a. A bola azul não era apenas **bonita**: era _____.
b. O caso era muito mais que **comum**: era _____.
c. A luz da rua não era apenas **fraca**: era _____.
d. O namorado dela não era apenas **feio**: era _____.
e. Tivemos uma palestra mais que **longa**: foi _____.
f. Dizem que a música é mais que **popular**: é _____.
g. **Central** é a minha casa, mas a sua é _____.
h. Conheço parque **agradável**, mas este é _____.
i. Já tivemos um cão **veloz**, mas este aqui é _____.
j. Minha presença não é **essencial**, mas a dela é _____.

3. Preencha as lacunas deste diálogo que ouvimos num parque de diversões com os adjetivos da fala anterior, acrescidos de **-íssimo(a)** para elevar ao máximo sua significação:

– A roda-gigante é **veloz**?
– Uns acham que é _____.
– Mas é uma diversão **agradável**?
– Uns acham que é _____.
– Não sou muito **amigo** disso.

– Uns são até _____ disso.
– Roda-gigante para mim é idéia **maluca**!
– Uns acham que é idéia _____ .
– E o material usado me parece **fraco**!
– Uns acham que é _____ .
– Além disso, o ingresso é **caro**!
– Uns acham que é _____ .
– E, mesmo assim, o senhor vai?
– Na roda-gigante? Eu? Nem morto!

4. No diálogo da questão anterior, o acréscimo de **-íssimo(a)** ocasionou algumas modificações nos adjetivos. Assinale a que **não ocorreu** ali:

a. **z** passou a **c**
b. **-vel** passou a **-bil**
c. **m** passou a **n**
d. **g** passou a **c**
e. **c** passou a **qu**

Lição 9. Emprego de **des-** como formador de **antônimos**

> Emprega-se **des-** *diante de certas palavras para formar o antônimo delas.*

Fixação estrutural

1. Preencha as lacunas com os antônimos (formados com **des-**) das palavras destacadas:

   a. Nem sempre **fazer** algo é mais difícil que _____ .
   b. Quem provocou esse **entupimento**, pagará o _____ .
   c. A faxina começou com **ânimo**, mas logo veio o _____ .
   d. Saí do **conforto** e não aceito viver neste _____ .
   e. Eu **embrulho** os cadernos e você _____ os livros.
   f. Por dedicar-lhe tanto **respeito**, magoa-me esse _____ .
   g. **Amarre** esse cão e cuide para que ninguém o _____ .
   h. Como foi essa tábua **pregada**, nunca mais será _____ .
   i. Cheguei aqui **contente**, mas sinto ter de sair _____ .
   j. **Tranque** a porta por dentro e não a _____ para estranhos.

2. Preencha as lacunas com os antônimos formados com **des-** das palavras destacadas, indicando separação:

   – Por que tirou os **galhos** da árvore?
   – E não era pra _____ a árvore, dona?
   – E por que tirou a **tranca** do portão?
   – E não era pra _____ o portão, dona?
   – E por que tirou as **telhas** do canil?
   – E não era pra _____ o canil, dona?
   – Arre! Estou tão furiosa que sou capaz de arrancar os seus **cabelos**!
   – E como vai me _____ se sou careca, dona?

3. Cite as palavras com **des-** que permitam inverter o sentido destes períodos:

a. O garotinho estava agasalhado e abrigado. (_____)
b. O policial caminhava atento e armado. (_____)
c. Seu aparecimento repentino criou a união familiar. (_____)
d. Apertando bem a porca, a peça ficará regulada. (_____)
e. Esse ajuste trouxe a esperança para todos nós. (_____)
f. Quem embolsou o dinheiro não era honesto. (_____)
g. O rapaz só embarcou depois que o barco atracou. (_____)
h. A moça estava acordada quando lhe cobriram o rosto. (_____)
i. Ele estava prevenido quando resolveu fazer as malas. (_____)
j. Foi fácil amassar a lataria, mas difícil entortar o eixo. (_____)

Lição 10. Emprego de *in-* como formador de **antônimos**

Forma-se o antônimo de muitas palavras acrescentando-lhes o prefixo in-.

Observação: O n do prefixo in-:
a. transforma-se em m se houver em seguida b ou p: imbatível, impaciente;
b. desaparece de algumas palavras, geralmente se houver em seguida l, m, n, r: ilegal, imortal, inegável, irreal.

Fixação estrutural

1. Preencha as lacunas com antônimos das palavras destacadas, usando o prefixo **in-** (**im-** ou **i-**):

a. O **sucesso** que esperávamos acabou sendo _____.
b. O que era **admissível**, logo se tornou _____.
c. Sobrava-lhe **sensibilidade**, mas a _____ dominou-a.
d. Imaginei que a história fosse **real**, mas era _____.
e. Embora parecesse **feliz**, Margô sentia-se _____.
f. Fiz o pedido por crê-lo **legal**, e estranho que seja _____.
g. Ser **capaz** ou _____ não vem ao caso nesta questão.
h. A **paciência** não raras vezes dá lugar à _____.
i. Diante de atitude **correta** ou _____, só há uma opção.
j. Não é por eu ser **mortal** que não creia ser a alma _____.

2. Numa loja de pássaros, ocorreu este diálogo. Escreva nas lacunas o antônimo das palavras destacadas, usando o prefixo **-in**:

– Veja este pássaro. Há **comparação** para a beleza dele?
– A beleza dele é realmente _____.
– E o canto dele? Haveria alguma **repreensão** para o canto?
– Nunca! O canto dele é _____.
– Veja como deixo a gaiola aberta. Pode-se **contestar** a mansidão dele?
– Realmente, a mansidão é _____.

– Olhe o preço. O senhor **recusaria** esta oferta?
– Vejo que a oferta é _____ . Mas olhe lá: o gato devorou o pássaro!
– Lá se foi o pássaro. Quem sabe o senhor quer um gato... de presente!

3. Inverta o sentido destas frases, acrescentando ou eliminando o prefixo **in-** às palavras destacadas:

a. Para mim, isso é negócio **acabado** e **irrevogável**.

b. Essa reclamação é **improcedente** e **reprovável**.

c. Sua atitude foi **responsável** e **irrepreensível**.

d. Tivemos prejuízo **incalculável**, mas **suportável**.

e. É possível que ele seja um **imprudente vulgar**.

f. Sua **popularidade** facilitava-lhe a **indisciplina**.

g. Alguns viam nela uma **lealdade incontestável**.

h. Não creio que ele seja **impiedoso** ou **suspeito**.

i. Tal atitude seria **útil** se **independesse** de acordo.

j. Tamanho erro é **imperdoável** por ser **voluntário**.

4. Nesta relação, apenas uma das palavras não perde o **n** do prefixo **in-** para formar o antônimo. Qual?

a. legal
b. legível
c. letrado
d. moral
e. mortal
f. negável
g. negociável
h. núbil
i. real
j. responsável
l. restrito
m. reversível
n. útil

Lição 11. Emprego de -ice como formador de substantivos

> Acrescenta-se o sufixo -ice aos adjetivos para transformá-los em substantivos que indiquem atitudes, qualidades ou sentimentos.

Fixação estrutural

1. Numa praça em que um banco tinha a placa de "TINTA FRESCA", ocorreu este diálogo de namorados que caminhavam e conversavam. Preencha as lacunas com palavras destacadas da fala anterior, acrescidas do sufixo -ice:

   – Ideval, sabe que eu queria ser **criança**?
   – Ora, Joilce! Nunca mais terá de volta a _____. Afinal, para isso já está meio **velha**.
   – Não tanto assim, mas essa _____ não me impede de ser **criança**.
   – Ah! Francamente, Joilce! Isso é _____, coisa de **maluca**.
   – Ideval, não vejo _____ nisso. Você, sim, age como **doido**.
   – Por que vê _____ em meus atos, Joilce?
   – Porque só doido senta em banco de tinta fresca com um aviso desse tamanho!

2. Reescreva as frases seguintes, empregando convenientemente o sufixo -ice, como no modelo:

   Cássia encantou Roberto por ser **meiga**.
   <u>A meiguice de Cássia encantou Roberto.</u>

a. Carlos prejudicou seus negócios por ser **tolo**.

b. O piloto comprometeu as provas por ser **maluco**.

c. Por ser **ranzinza**, Astolfo afugenta os amigos.

d. O rapaz irritou os colegas por ser **piegas**.

e. Dirce comove os vizinhos porque é **carola**.

f. Sendo **caturra**, Anésia afastou seus pretendentes.

g. Porque é **tagarela**, Clotilde cria problemas na escola.

h. Estanislau intriga os parentes porque é **sovina**.

i. Por estar **caduco**, Hilário faz as pessoas rirem dele.

j. Como é **peralta**, Conrado deixa a casa em polvorosa.

3. Neste diálogo de esquina de lanchonete, preencha as lacunas com substantivos formados com o sufixo **-ice**, indicando **atitudes**, **qualidades** ou **sentimentos**, derivados das palavras destacadas das falas anteriores:

   – Dizem que a Isabel é sempre **faceira**.
   – Ah! A _____ chegou ali, parou.

– Dizem também que ela é **meiga**.
– Ah! A _____ chegou ali, parou.
– Mas dizem que ela é **bisbilhoteira**.
– Ah! A _____ chegou ali, parou.
– E a mãe? Dizem que é muito **carola**.
– Ah! A _____ chegou ali, parou.
– E o pai? Dizem que é **ranzinza**.
– Ah! A _____ chegou ali, parou.
– Pior é o irmão. Dizem que é um **canalha** de marca.
– Epa! Eu sou o irmão e arrebento quem me atribuir qualquer _____ .

4. Nesta relação, há substantivos que receberam o sufixo **-ice**. Retire deles o sufixo para transformá-los em adjetivos:

a. balofice: _____
b. bobice: _____
c. cafonice: _____
d. gabolice: _____
e. gaiatice: _____
f. gulosice: _____
g. idiotice: _____
h. parvoíce: _____
i. peraltice: _____
j. pieguice: _____
l. sovinice: _____
m. tolice: _____

Lição 12. Emprego de **da**, **dá**, **do**, **dó**

> *Emprega-se:*
> a. **da** *(contração de* de + a*) quando equivale a* dessa: Que lindos os olhos **da** moça!;
> b. **do** *(contração de* de + o*) quando equivale a* desse: As mãos **do** rapaz estão geladas;
> c. **dá** *(verbo* dar*) quando pode ser substituído por* deu *(passado) ou* dará *(futuro):* Há tempos ela não **dá** notícias;
> d. **dó** *quando for a nota musical ou sinônimo de* compaixão, pena, lástima[1]. Tenha **dó** dos meus ouvidos e afine esse **dó** do piano.
>
> [1] *Note que, como sinônimo de* compaixão, dó *é palavra masculina.*

Fixação estrutural

1. Neste diálogo, ocorrido numa casa humilde, preencha as lacunas com: **da**, **dá**, **do** ou **dó**:

– Seu Juca, _____ mercado, não _____ mais fiado.

– E o dinheiro _____ salário não _____ pra nada.

– Essa gente não tem _____ de nós!

– A saída _____ aperto é me desfazer _____ tuba. Afinal, nunca consegui tirar um _____ dela...

– Não gosto _____ idéia. Fico com tanto _____ !

– Ué! Agora lhe _____ esse _____ _____ tuba!

– O _____ não é _____ tuba... Tenho _____ _____ gata que deu cria dentro da tuba!

2. Preencha as lacunas com: **da**, **do**, **dá** ou **dó**:

a. A riqueza _____ moça despertou a cobiça _____ mãe _____ rapaz.

b. No coração _____ mãe _____ Elias parece não haver _____ _____ moça.

c. Antes de sair _____ quarto, ela sempre _____ uma olhada no espelho.

d. Anita não _____ atenção ao rapaz porque ele gosta _____ prima dela.

e. De repente, _____ nele uma vontade louca de demitir-se _____ empresa.
f. Com o barulho _____ criançada não _____ para tratarmos _____ assunto.
g. Toda vez que toca, o _____ _____ violoncelo _____ ressonância desagradável.
h. Já _____ para chegarmos à mesa, pois a dona _____ casa nos chama.
i. Canto essa música em _____ maior, mas _____ para cantá-la em ré.

3. Substitua os quadrados deste diálogo por: **da**, **dá**, **do** ou **dó**:

— Lembra-se ❑ instrumento que vimos? ( ) da ( ) dá ( ) do ( ) dó

— Claro! Você ia se dispor ❑ moto para comprá-lo. ( ) do ( ) dó ( ) da ( ) dá

— Veja-o aqui. Aperte esta tecla e sai o ❑ . ( ) da ( ) dá ( ) do ( ) dó

— Ué! Saiu o ❑ aqui, e o cachorro uivou lá fora! ( ) do ( ) dó ( ) da ( ) dá

— É isso. Não ❑ pra tocar por causa ❑ cachorro. ( ) da ( ) dá ( ) do ( ) dó

— Ah! Isso me ❑ muito ❑ ! ( ) da ( ) dá ( ) do ( ) dó

— Ainda bem que você tem ❑ de mim. ( ) da ( ) dá ( ) do ( ) dó

— De você, não. Tenho ❑ ❑ cachorro! ( ) dó ( ) do ( ) da ( ) dá

Lição 13. Emprego de *para, pára, por, pôr*

Emprega-se **para** *(preposição) quando equivale a* a, a fim de, destinado(a) a, na direção de: Menino, vá já ***para*** casa!

Emprega-se **pára** *(verbo) quando for possível fazer a substituição por* estaciona: Você ***pára*** ali para eu descer?

Emprega-se **por** *(preposição) quando indica* lugar, causa, meio, modo, preço, qualidade, tempo *etc., podendo às vezes ser substituída por* através de, em lugar de, como: Vamos ***por*** ali que é melhor.

Emprega-se **pôr** *(verbo) quando for possível fazer a substituição por* colocar: Quem vai ***pôr*** a carta no correio?

Fixação estrutural

1. Preencha as lacunas com: **para, pára, por, pôr**:

a. O homem passava _____ ali _____ chegar mais depressa.
b. Seja _____ qualquer motivo, ninguém _____ o carro aqui.
c. O ônibus que vai _____ Curitiba _____ em São Paulo?
d. Vá _____ ali e achará onde _____ o carro em bom lugar.
e. Basta _____ a mão na maçaneta _____ tomar um choque.
f. O táxi não _____ nesta rua se houver guarda _____ aqui.
g. Há alguém _____ me ajudar a _____ ordem nesta reunião?
h. A garota logo _____ a moto _____ levar-me até a piscina.
i. Não vou _____ meu nome na lista _____ razões pessoais.
j. Você não _____ de cantar nem quando vai _____ o lixo fora?

2. Numa cena de rua, alguém tenta abrir um carro sem as chaves, mas um policial solícito aparece para ajudar.
Preencha as lacunas do diálogo com: **para, pára, por, pôr**:

– Quer uma mãozinha _____ abrir o carro mesmo sem as chaves?
– Agradeço _____ ajudar. Não esperava _____ isso de um policial.
– A gente não _____ de ajudar. É obrigação!

– É preciso _____ esta chave _____ aqui e forçar a ventarola.
– A chave não _____ aqui. É bom _____ chave maior.
– Então, é bom _____ esta que é bem maior.
– Anda prevenido, hem? Pronto! Agora é ir _____ dentro e _____ o carro em movimento.
– Obrigado, seu guarda. Ficarei grato _____ sempre! Adeus!
– Seu guarda, roubaram meu carro enquanto fui _____ uma carta no correio.
– Ai, dona! Então aquele era ladrão! E eu estava aqui _____ ajudar!

3. Identifique a opção que deve conter **para**, **pára**, **por** e **pôr** (mesmo em outra ordem, mas sem faltar e sem repetir):

a. Quem passa ❏ aquele lugar, costuma ❏ uma moeda na fenda daquela rocha ❏ atrair a sorte ❏ si.

b. Ir ❏ um lugar deserto como esse à noite ❏ ver a Lua é ❏ a vida em risco ❏ um capricho tolo.

c. Agora, ❏ acaso, alguém ❏ na praça e, ❏ amarrar o cadarço do sapato, vai ❏ o pé sobre o banco.

d. Se for ❏ Ana ❏ livros no alto da estante, é bom ela ❏ ali uma escada ❏ facilitar a tarefa.

Lição 14. Emprego de *há*, *tem* e *têm*

> Emprega-se **há**[2] *como sinônimo de* **existe**: Aqui, ***há*** muita gente.
>
> Emprega-se **tem** *como sinônimo de* **possui**: Você ***tem*** dinheiro aí?
>
> Emprega-se **têm** *como plural de* **tem** *e sinônimo de* **possuem**: Vocês ***têm*** tempo para conversar?
>
> ---
> [2] *Com o sentido de* **existir**, *o verbo* **haver** *é impessoal, permanecendo na forma equivalente à da terceira pessoa do singular:* Aqui, **há** muitas pessoas. Ali, **havia** muitos problemas.

Fixação estrutural

1. Neste diálogo, ocorrido numa loja de confecções em que a jovem freguesa tem poucos recursos, preencha as lacunas com **há**, **tem** ou **têm**:

– O senhor _____ maiô estampado para vender?
– Aqui _____ maiôs de todo tipo.
– E será que _____ algum maiô barato?
– Hoje em dia, não _____ nada barato!
– Mas _____ algum de preço acessível?
– Estes _____ preço acessível.
– E não _____ nada que custe menos?
– Por preço menor, só _____ um jeito.
– Vejo que o senhor _____ boa vontade. O que _____ aqui por preço menor?
– Por preço menor, só _____ a etiqueta, moça.

2. Nos períodos, substitua os quadrados por **há**, **tem** ou **têm** e, a seguir, assinale a alternativa correta:

- Diante dessa situação, não ❏ mais nada a fazer.
- Aquele homem ❏ uns hábitos interessantes.
- Conheço o Júlio, mas não sei se ele ❏ carro.
- As colchas ❏ babados de finos fios de algodão.
- Nessa loja ❏ diversos artigos para presentes.

a. tem – há – têm – têm – há
b. há – têm – tem – tem – têm
c. há – tem – tem – têm – há
d. tem – tem – há – tem – tem
e. há – tem – têm – tem – há

3. Assinale na coluna da direita as opções que podem substituir corretamente os quadrados destes períodos:

a. Aqui, não ❏ lugar para quem ❏ tanta pressa.   ( ) há ( ) tem ( ) têm

b. Você ❏ certeza de que ❏ ratos nesta casa?   ( ) tem ( ) têm ( ) há

c. Nesta rua, ❏ uma loja que ❏ discos antigos.   ( ) há ( ) tem ( ) têm

d. Vocês ❏ certeza de que o João ❏ piano?   ( ) têm ( ) tem ( ) há

e. A cidade ❏ avenidas em que ❏ buracos demais.   ( ) tem ( ) têm ( ) há

4. Neste diálogo, preencha as lacunas com **há**, **tem** ou **têm**:

– Uma informação: sabe onde _____ uma quitanda?
– Esta cidade _____ muitas...
– Então, diga-me onde _____ uma.
– Vê aquela praça que _____ umas palmeiras?
– Lá longe, a que _____ um chafariz?
– Isso. Atravesse e vá andando até onde _____ um prédio alto.
– Já sei. Naquele prédio lá longe _____ uma quitanda!
– Não! Na frente do prédio _____ uns jornaleiros que _____ o endereço de uma quitanda.

Lição 15. Emprego de *aonde* e *onde*

> Aonde *indica* movimento para algum lugar, *e emprega-se com verbos como* dirigir-se, encaminhar-se, ir *etc.: Aonde* vai você com tanta pressa?
>
> Onde *indica* estada, permanência, *e emprega-se com verbos como* chegar, ficar, parar, permanecer *etc.: Onde* está Julinho agora?

Fixação estrutural

1. Cidadão com família e bagagem para viajar pede informação a alguém que foi despertado da sesta e tem pouca vontade de ser útil. Preencha as lacunas do diálogo com **aonde** ou **onde**:

    – Uma informação...
    – Quer ir _____?
    – Sabe _____ fica a Rodoviária?
    – Sei...
    – Então diga _____ fica...
    – Fica _____ a construíram.
    – Claro! Mas _____ a construíram?
    – Longe. Lá _____ vai toda essa gente.
    – E _____ posso conseguir um táxi?
    – Sabe _____ é a Praça da Paz?
    – Lá conseguirei um táxi pra levar a gente _____ a gente vai?
    – Até dois...
    – E _____ fica a Praça da Paz?
    – Hã? Praça da Paz? Fica bem na frente da Rodoviária!

2. Para completar cada período, é necessário empregar as duas formas: **onde** e **aonde**, exceto dois que se completam com uma só dessas formas. Assinale a opção que os indica:

    1. Diga-me _____ foi e por que não ficou _____ mandei.
    2. Vocês estão _____ podem ver _____ vão esses carros.

3. Sente-se _____ quiser, mas diga-me _____ vai depois.
4. Pode ir _____ quiser, mas conte-me _____ foi ontem.
5. Quem permanecer _____ está, irá depois _____ eu for.
6. Diga-me _____ vamos para eu saber _____ estarei amanhã.
7. Vá _____ for, esteja _____ estiver, telefone-me todo dia.
8. Descubram _____ há festa para decidirmos _____ ir.
9. Ninguém vai _____ quer sem que saiba _____ pode ir.
10. Conte-me _____ iremos à noite e _____ nos veremos.

a. 1 e 4   b. 6 e 8   c. 8 e 9   d. 4 e 9   e. 2 e 10

3. Preencha as lacunas deste diálogo com **aonde** ou **onde**:
   – Marcos, _____ vai com tanta pressa?
   – Vou ver _____ o Carlos está, mãe.
   – O Carlos não está aqui, rapaz.
   – Não? E _____ ele foi?
   – Foi ver _____ você está.
   – Ué! Eu estou aqui, _____ a senhora me vê.
   – Claro! Então vá ver _____ está o Carlos.
   – Pra quê? O Carlos foi ver _____ eu estou...
   – Mas ele não sabe _____ você está, rapaz!
   – Ele não sabe _____ eu estou, mas eu sei _____ ele foi...
   – E _____ ele foi, rapaz?
   – Foi ver _____ eu estou, ora!

4. Nesse diálogo da questão anterior, **onde** foi empregado mais vezes. Quem mais empregou **onde**: Marcos ou a mãe?

Lição 16. Emprego de *ir a, ir de, ir em, ir para*

> Emprega-se ir a *(ao, aos, à, às)* quando significar dirigir-se para, andar até: Ederaldo, quer *ir ao* cinema comigo?
>
> Emprega-se ir em *(no, na, nos, nas, num, numa, nuns, numas)* quando significar estar dentro de *ou* sobre algo que pode se locomover: Alfredo não queria *ir num* ônibus tão cheio.
>
> Observação: Diz-se, porém: ir a *cavalo*, ir a *pé*.
>
> Emprega-se ir de *quando significar* utilizar-se de, estar em algo que pode se locomover: Araci quer *ir de* bicicleta a uma festa.
>
> Emprega-se ir para *quando significar:*
> a. mudar-se, transferir-se: Joana pretende *ir para* o Rio de Janeiro;
> b. recolher-se: Devo *ir para* casa antes que chova.

Fixação estrutural

1. Preencha as lacunas deste diálogo com **ir a, vir de, ir em** ou **ir para**:

   – Filhinho, fique aí que eu vou _____ supermercado.
   – Eu vou também, mamãe. E vou _____ carrinho.
   – Não dá para ir _____ carrinho. Está quebrado.
   – Hum! Então, vou _____ colo.
   – Não vai _____ colo porque vou _____ supermercado fazer compras.
   – Então? Vou _____ supermercado fazer compras também. Só que vou _____ colo.
   – Não vai _____ colo. Como é que vou carregar as compras?
   – Ué! Não vou _____ carrinho e não vou _____ colo? Pensa, então, que vou a pé _____ supermercado?
   – Você não vai _____ lugar nenhum! Ou melhor: vá _____ seu quarto!
   – Puxa! Que mãe teimosa!

2. Reescreva as frases, substituindo o que estiver destacado por **ir** (flexionado ou não) e a preposição adequada: **a, de, em** ou **para**:

   a. Quero avisá-los de que logo **me mudarei para** o Japão.

b. Neste momento, **dirijo-me para** a casa de um velho amigo.

c. Se você quer **se dirigir para** outro Estado, leve documentos.

d. Clarice **utilizava-se de** seu próprio carro para trabalhar ali.

e. Quem de vocês **andará até o** sítio do Epaminondas comigo?

f. Quando viajar de novo, pretendo **utilizar-me de** avião a jato.

g. Para viajar, acabei tendo de **me utilizar de** um ônibus lotado.

h. Amanhã, todos **nos dirigiremos para** uma exposição de artes.

i. Hermenegildo disse que **andará até** uma feira amanhã cedo.

j. Os meninos saíram da escola porque **se mudarão para** Cuiabá.

3. Preencha as lacunas deste diálogo com **a** (**ao**, **aos**, **à**, **às**) ou **em** (**no**, **na**, **nos**, **nas**):

– Raimundo, você foi _____ sítio?
– Hoje, não. Fui _____ parque. E você? Foi _____ algum lugar?
– Ontem, fui _____ um bailinho na vila.
– E por que não vamos _____ rodeio?
– Seria bom, mas iríamos _____ cavalo de quem?
– Cavalo? Vamos _____ motoca do Clarismundo.
– Ah! Ele não deixa que a gente vá _____ rodeio _____ motoca dele!
– É verdade. Não deixa...
– Pois é. Não deixa...

– Agora que ele não está vendo, pule aqui na garupa que nós vamos _____ rodeio!
– Então, vamos _____ rodeio _____ motoca do Clarismundo, uai!

Lição 17. Emprego de *fico, fique, vejo, veja*

Emprega-se **fico** e **vejo** *(presente do indicativo) para exprimir certeza, realidade:* Vejo os móveis e ***fico*** encantado.

Emprega-se **fique** e **veja** *(presente do subjuntivo), quase sempre tendo antes um* **que**, *para exprimir dúvida, incerteza, hipótese, desejo:* Quero que você ***fique*** aqui e (que) ***veja*** algumas fotografias.

Fixação estrutural

1. Cidadão ainda gessado e enfaixado ao sair do hospital encontra um conhecido. Complete as lacunas do diálogo com **fico**, **fique**, **vejo**, **veja**:

   – Apesar de quebrado, _____ que está feliz.
   – E não quer que eu _____ feliz com o atropelamento?
   – Quer que eu _____ felicidade num atropelamento?
   – Claro! Quero que _____ o número do ônibus atropelador.
   – Só _____ aí um bilhete de loteria.
   – Pois é bom que _____ sabendo: o mesmo número do ônibus.
   – Ah! Quer que eu _____ a coincidência.
   – E mais. Quero que _____ feliz por mim!
   – Não sei se _____ feliz com o atropelamento.
   – Com o atropelamento, não. Quero que _____ feliz com o prêmio!
   – Então, eu _____ feliz com o prêmio. Foi grande?
   – Há de ser! A extração da loteria vai ser amanhã!

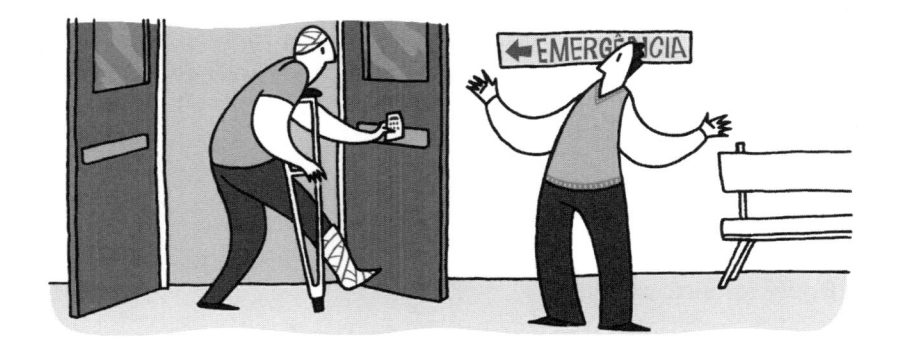

2. Escreva nos parênteses da coluna da direita as letras dos períodos cujas lacunas devem ser preenchidas com **fico**, **fique**, **vejo**, **veja**:

a. Minha mãe só permite que eu _____ no jardim.
b. Pela janela de casa, _____ tanta gente passando.
c. Quando chove, _____ vendo a chuva pela janela.
d. Há coisas que meus pais não querem que eu _____ .   fique ( ), ( ), ( )
e. Todos saem, mas querem que eu _____ em casa.   vejo ( ), ( ), ( )
f. Não deixam que eu _____ um filme tão violento.   fico ( ), ( ), ( )
g. Avise-me ao chegar que assim _____ mais   veja ( ), ( ), ( )
   tranqüilo.
h. Mesmo com o vidro embaçado, _____ cenas incríveis.
i. Se quer que eu _____ aquecida, dê-me um cobertor.
j. Sem que eu _____ o dinheiro aqui, não há negócio.

3. Preencha as lacunas com **fico**, **fique**, **vejo**, **veja**:

a. Quando _____ na janela de casa, _____ tanta gente passar.
b. É melhor que eu _____ deste lado para que _____ melhor a cena.
c. Não _____ aqui porque você não quer que eu _____ o jogo.
d. Daqui só _____ uma bela praça e _____ desejosa de ir lá.
e. Para que eu _____ tranqüilo, é necessário que _____ se o cão está bem.

4. As lacunas destes períodos devem ser preenchidas com **fico**, **fique**, **vejo**, **veja**, mas queremos saber em qual deles só aparecerão **fico** e **fique** (nessa ordem).

a. Não me peça que eu _____ e _____ o que se passa por aqui.
b. Não _____ como conseguem que ele _____ trabalhando de graça.
c. Enquanto _____ na sala, é impossível que eu _____ quem chega.
d. Só _____ nesta casa desde que _____ com as chaves da despensa.
e. Quando _____ um bom filme, é normal que eu _____ em silêncio.

Apenas o período de letra _____ deve ser preenchido com **fico** e **fique**, respectivamente.

Lição 18. Emprego de *esteja* e *seja*

> Na conjugação dos verbos **estar** e **ser** existem as formas **esteja, estejas, estejam** e **seja, sejas, sejam**, mas não existem as formas ***esteje, estejes, estejem***; nem ***seje, sejes, sejem***.

Fixação estrutural

1. Preencha as lacunas com a forma correta do verbo **estar**:

a. Nesta hora é impossível que Camila _____ em casa.
b. Espero que todos _____ satisfeitos com as explicações.
c. É importante que você _____ aqui na hora combinada.
d. Começaremos a reunião assim que todos _____ aqui.
e. Por favor, _____ pronta para partirmos antes do amanhecer.

2. Escreva nas opções abaixo a letra dos períodos que tenham a lacuna preenchida com **seja** ou **sejam**:

a. Desejo de coração que ela _____ sempre muito feliz.
b. Ninguém crê que vocês _____ tão irresponsáveis.
c. É normal que a mulher _____ tão submissa ao marido?
d. Por que quer que _____ eu o avalista desse negócio?
e. Não importa quais _____ as razões, mas são infundadas.
f. Só espero que não me _____ debitados esses valores.

seja ( ), ( ), ( ), ( )
sejam ( ), ( ), ( ), ( )

3. Neste diálogo, ocorrido alta noite no quarto do casal, preencha as lacunas com as formas corretas dos verbos **estar** e **ser**:

– Creio que alguém _____ aí à porta.
– Talvez _____ ladrão!
– Se for, que _____ preparado!
– Isso. É meu orgulho que _____ você tão corajoso!

– Ele não espera que eu _____ em boa forma física!
– É ótimo que você _____ em boa forma física!
– Não creio que o ladrão _____ tão ágil quanto eu!
– Nem eu. Só não vejo motivo para que você _____ pulando a janela.
– Quero ver se ele me alcança na corrida!

4. Os períodos seguintes devem ter as lacunas preenchidas com os verbos **estar** e **ser**. Indique quais deles podem ser preenchidos apenas com o verbo **estar**.

a. Talvez _____ necessário que as moças _____ aqui mais cedo.
b. É difícil que o quadro _____ pronto antes que _____ encomendado.
c. Não _____ por desleixo que seus pertences _____ esparramados.
d. _____ ela onde estiver, _____ você onde estiver, que _____ ambos felizes.
e. Que _____ tudo como você quer, mas que eu _____ avisado.
f. Quero que você _____ aqui e receba bem _____ quem _____ .
g. Caso _____ atrasada, _____ mais expedita nos afazeres da casa.
h. Peço que você _____ em casa, mesmo que a Inês não _____ .
i. "Santificado _____ o Vosso nome e _____ feita a Vossa vontade."
j. Nem que _____ só para apreciar, é certo que ela _____ no baile.

Apenas os períodos _____ devem ter as lacunas preenchidas com o verbo **estar**.

Lição 19. Emprego do verbo *fazer*

Emprega-se o verbo **fazer** *quando dá idéia de* tempo, *sempre na* terceira pessoa do singular[3]: ***Faz*** anos que moro aqui.

Emprega-se o verbo **fazer** *em todos os tempos, modos e pessoas*[4], *quando tem o sentido de* criar, executar, operar, realizar *etc.*: **Fizemos** o que julgamos ser certo.

[3] *Flexiona, porém, em* tempo *e em* modo: fazia, fez, fará, faça, fizesse *etc.*
[4] *Lembrar-se de que o verbo fazer é irregular:* faço, fazes, fizera, farei, fizéssemos *etc.*

Fixação estrutural

1. Reescreva os períodos seguintes, trocando os numerais por **três** e flexionando para o plural as palavras destacadas:

a. Faz já uma hora que estamos por aqui e **você** não faz nada?

b. Amanhã, fará um ano que **você** fez aquela cirurgia complicada.

c. Se já faz uma hora que **você** comeu, é bom que faça a tarefa.

d. O **rapaz me** garantiu, faz um mês, que faria esse trabalho para nós.

e. Desde que o **vendedor** fez essa proposta, já fez um mês.

f. Faz pelo menos uma semana que o **animal** faz desses estragos.

g. Não me importa se faz só um ano que o **cidadão** fez o exame!

h. Já faz uma semana que o **doutor** fez proposta semelhante a essa.

i. Por que o **gavião** faz essas evoluções por ali já faz bem uma hora?

j. Quando **ela** fez a petição, o prazo caducara fazia uma quinzena.

2. Num *shopping*, a moça tem um cachorrinho preso a uma corrente e conversa com um cidadão que acabou de conhecer. Preencha as lacunas com a forma conveniente do verbo **fazer**:

– Então, _____ trinta e dois anos que o senhor é casado!
– Como vê, _____ trezentos e oitenta e quatro meses.
– E hoje, seus familiares _____ uma festa.
– Já _____ dias que a patroa se prepara.
– E seus filhos, _____ o quê?
– Não _____ idéia. _____ meses que não pergunto.
– Penso então que _____ meses que não vê seus filhos.
– Pois _____ meses... Hi! Olhe o que seu cachorrinho _____ na minha calça, moça!
– Ah! Coitado! _____ horas que ele está apertado à procura de um poste!

3. Preencha as lacunas destes períodos com as formas convenientes do verbo **fazer** que indicamos abaixo, sem que nenhuma sobre ou seja substituída (para facilitar a solução, faça um **x** sobre a forma que já foi usada):

a. Creio que já _____ anos que não lhe _____ uma visita demorada.
b. Já _____ tanto tempo que espero que alguém _____ uma festa.
c. Se eu não _____ tudo naquele dia, _____ agora com mais vagar.

d. _____ séculos que ninguém _____ nada nesta casa pra me ajudar.
e. _____ uns dez anos que não _____ uma temporada na praia.
f. Não _____ duas semanas que _____ a limpeza que você mandou.
g. Sugeri esse procedimento _____ horas, mas ninguém _____ nada ainda.
h. Não sei se _____ anos que eles _____ tramóia tão grande assim.
i. É certo que eu não _____ amanhã o que já está _____ .
j. _____ ela o que _____ , pouca diferença isso _____ para mim agora.

faça   faça   faço   faz   faz   faz   faz   feito   fiz   fizesse
faça   faço   faria   faz   faz   faz   faz   fazem   fez   fizer

Lição 20. Emprego de vê, vêem, vem, vêm

Emprega-se **vê** *no singular e* **vêem** *no plural quando se tratar do verbo* **ver** *ou for sinônimo de* **enxergar***:* Clotilde **vê** novela. Clotilde e Adélia **vêem** novela.

Emprega-se **vem** *no singular e* **vêm** *no plural quando se tratar do verbo* **vir***:* Isaura **vem** chegando. Isaura e Alzira **vêm** chegando.

Fixação estrutural

1. Preencha as lacunas com **vê, vêem, vem** ou **vêm**:

a. O garoto _____ devagar porque gosta de andar na chuva.
b. A gente só _____ aquela casa quando já está bem perto.
c. Cinco moças já _____ chegando para animar a quermesse.
d. Iracilda disse que as irmãs dela não _____ trabalhar aqui.
e. Quanta gente não _____ o que se passa diante dos olhos.
f. É verdade que "quem _____ cara, não _____ coração"?
g. Cuidado nessa esquina porque os carros _____ depressa.
h. Dizem que "o que os olhos não _____ o coração não sente".
i. Quantas pessoas _____ para ajudar na limpeza do pátio?
j. Vocês _____ algum sinal de chuva para acabar com a seca?

2. Complete o diálogo com **vê, vêem, vem** ou **vêm**:

– Então, o senhor _____ fazer consulta...
– O senhor _____ como são as coisas.
– Os pacientes _____ aqui com problemas. Qual é o seu?
– O problema é que meus olhos _____ estrelinha.
– Não. O senhor é que _____ estrelinha. Uma só?
– Várias. Parece que umas _____ de encontro às outras.
– Casos como esse a gente _____ aqui sempre. Ponha estes óculos.
– O senhor acha que com eles a gente _____ melhor?
– Creio que sim... Agora o senhor _____ bem?
– Uh! Agora, as estrelas ficaram grandonas, doutor!

3. Complete estes provérbios com **vê**, **vêem**, **vem** ou **vêm**:

a. "Há males que _____ para o bem."
b. "Depois da tempestade, _____ a bonança."
c. "Quem dá o que tem, a pedir _____ ."
d. "O castigo sempre _____ a cavalo."
e. "As corujas não _____ a feiúra dos filhos."
f. "A doença _____ a cavalo e volta a pé."
g. "Deus _____ o que o diabo esconde."

4. Assinale a opção que substitui pela ordem os quadrados destes períodos:

- Você daí ❏ tudo o que acontece, mas as crianças não ❏.
- As moças ❏ nas suas costas a frase que você não ❏.
- Boa notícia até ❏ depressa; más, ❏ mais depressa ainda.
- As doenças ❏ a galope; a cura ❏ de passinho.
- Ninguém ❏ contar o que realmente as pessoas ❏ de errado.

a. vê, vêm; vêem, vê; vem, vem; vêm, vem; vem, vêm
b. vê, vêem; vêem, vê; vem, vêm; vêm, vem; vem, vêem
c. vem, vêm; vêm, vem; vem, vêem; vêm, vem; vem, vêm
d. vê, vêem; vêem, vê; vem, vêm; vem, vêm; vê, vêem
e. vem, vêm; vêem, vê; vem, vêm; vem, vem; vêm, vêem

Lição 21. Emprego de *ver* e *vir* no futuro

> O verbo **ver**, no futuro do subjuntivo, tem estas formas: vir, vires, vir, virmos, virdes, virem.
>
> O verbo **vir**, no futuro do subjuntivo, tem estas formas: vier, vieres, vier, viermos, vierdes, vierem.

Fixação estrutural

1. Reescreva estas frases, passando os verbos para o futuro, como no exemplo:

   Eu daria o recado a ela se, quando viesse para cá, a visse aqui.
   Eu darei o recado a ela se, quando vier para cá, a vir aqui.

   a. Tu darias o recado a ela se, quando viesses para cá, a visses aqui.

   b. Edi daria o recado a ela se, quando viesse para cá, a visse aqui.

   c. Nós daríamos o recado a ela se, quando viéssemos para cá, a víssemos aqui.

   d. Vós daríeis o recado a ela se, quando viésseis para cá, a vísseis aqui.

   e. Elas dariam o recado a ela se, quando viessem para cá, a vissem aqui.

2. Preencha as lacunas destes períodos com **vir** ou **ver** no **futuro do subjuntivo**:

   a. Quando _____ alguém em atitudes suspeitas por aqui, toque o alarme.
   b. Assim que os rapazes _____, trataremos desse assunto tão delicado.
   c. Traga-me pão e leite do supermercado, se acaso _____ de carona.
   d. Se eu, casualmente, a _____ na rua, farei de conta que não a conheço.
   e. Assim que _____ o novo modelo de carro, decidiremos o que fazer.
   f. Se tu _____ mais cedo para casa, faremos a faxina na despensa.

3. Preencha as lacunas deste diálogo com as formas corretas de **ver** ou **vir** no **futuro do subjuntivo**:

– Querido, quando _____ o porteiro, pergunte se veio carta.
– Veio carta da sua mãe. Leia quando _____ à sala.
– Mamãe diz que ficará conosco três dias quando _____ .
– Se ela _____ , adeus sossego!
– Ah! Se ela _____ o seu jeito de falar.
– Se ela _____ , e eu a _____ importunando meu sossego...
– Quando ela _____ , vai pôr o genro na linha!
– Duvido! Quando ela _____ a recepção que vou dar...
– Diga isso a ela quando a _____ chegar!
– Direi assim que ela _____ e eu a _____ .
(*Dias depois, o genro abre a porta para a sogra sob o olhar da esposa que segura escondido um providencial rolo de macarrão.*)
– Que bom que veio, sogrinha! Quando _____ o seu quarto, vai adorar!
– Ah! Se eu soubesse que seria recebida assim... Quando _____ outra vez, vou ficar bastante.

4. Preencha as lacunas com os verbos **ver** ou **vir** no **futuro do subjuntivo**:

a. Quando a primavera _____ , as flores se abrirão com mais freqüência.
b. Não medirei esforços para punir alguém se _____ qualquer deslize.
c. Se tu _____ algum inseto por aí, reclama quando _____ o síndico.
d. Iniciaremos nosso canto de guerra assim que _____ as luzes da cidade.

e. Se eu _____ algo estranho, avisarei os policiais assim que os _____ .
f. Assim que ele _____ e _____ os estragos da chuva, ficará depressivo.
g. Se você não _____ a casa e não _____ negociá-la, não há compromisso.
h. Quando eu _____ para casa, comprarei aquela blusa, se a _____ na vitrina.
i. Se não nos _____ logo, telefonarei assim que _____ ao banco.
j. Quando _____ para cá, mande aviso pelo Luís, se o _____ antes disso.

Lição 22. Emprego de *particípio regular* e *irregular*

> Emprega-se o **particípio regular** *(terminado em -ado ou -ido)* com os verbos auxiliares **haver** e **ter**: A mulher tinha ***prendido*** o cão antes de sair.
>
> Emprega-se o **particípio irregular**[5] *(mais curto e de terminações variadas)* com os verbos auxiliares **estar** e **ser**: Antes que a mulher saísse, o cão já estava ***preso***.
>
> ---
> [5] *O particípio irregular concorda em* **gênero** *e* **número** *com o sujeito.*

Fixação estrutural

1. Complete as lacunas com o particípio regular ou irregular dos verbos dos parênteses:

a. Pensei que o policial tivesse _____ o bandido. (**prender**: prendido, preso)

b. Ninguém tinha _____ as luzes e já era noite. (**acender**: acendido, aceso)

c. Um pobre índio foi _____ em Brasília. (**matar**: matado, morto)

d. É incrível alguém haver _____ tanto assim. (**ganhar**: ganhado, ganho)

e. Quando vi, meu pé estava _____ no estribo. (**prender**: prendido, preso)

f. Alguém já havia _____ o cachorro da sala. (**expulsar**: expulsado, expulso)

g. Demorássemos mais, e ela não teria se _____ . (**salvar**: salvado, salvo)

h. O respeito entre eles está _____ há anos. (**morrer**: morrido, morto[6])

i. Você já havia _____ sua parte antes. (**ganhar**: ganhado, ganho)

j. O pacote foi _____ pelo garoto da Fifi. (**entregar**: entregado, entregue)

---

6. Observe que são iguais os particípios irregulares de **matar** e **morrer**: **morto**. Diferem, porém, os particípios regulares: **matado** e **morrido**.

2. Preencha as lacunas com o particípio regular ou irregular dos verbos: **aceitar** (*aceitado, aceito*), **findar** (*findado, findo*), **imergir** (*imergido, imerso*), **pagar** (*pagado, pago*), **pegar** (*pegado, pego*), **prender** (*prendido, preso*):

– Fiz um convite para jantarmos.
– É. Eu tinha _____ .
– Mas pintou um compromisso e estive _____ em casa.
– Por isso, não apareceu. E só aparece hoje com esta moto, correndo feito louco pelas ruas.
– Hoje, sem falta, essa dívida será _____ .
– Preferia que a tivesse _____ ontem. Hoje nem sei se estaremos vivos!
– Ontem, passei o dia _____ em trabalho. Só hoje me sinto livre.
– Livre pra voar com esta moto, passar sinal fechado... E eu fui _____ de surpresa.
– E parece que eu fui _____ por uma barreira da Polícia Rodoviária.
– Então, tenho a certeza de que o passeio está _____ . E estamos vivos!!!

3. Complete os períodos com a forma do particípio regular ou irregular dos verbos destacados:

a. **Fritar**: A cozinheira do bar havia _____ muitos peixes graúdos.
b. **Enxugar**: Em cerca de meia hora, minhas roupas estarão _____ .
c. **Fritar**: Pensei que os ovos de codorna estivessem bem _____ .
d. **Matar**: Muitos peixes raros foram _____ por essa poluição.
e. **Enxugar**: Vi que minha mãe tinha _____ minhas roupas a ferro.

f. **Expulsar**: Aos dez minutos, Quiquico já estava _____ de campo.
g. **Incorrer**: Era claro que um de nós havia _____ em erro grave.
h. **Eleger**: Quando cheguei, já haviam _____ o novo presidente.
i. **Bem-querer**: Essas quatro garotas foram sempre _____ por nós.
j. **Prender**: Agora, a polícia tem _____ muitos marginais perigosos.

4. Complete estas manchetes de jornal com o particípio conveniente destes verbos: **imergir, limpar, morrer, prender, suspender**:

a. GOGOLÉ FOI _____ PELA PM
b. PREFEITURA TEM _____ TERRENOS BALDIOS
c. GIMA ESTÁ _____ POR 1 MÊS
d. MENOR TERIA _____ SEM ASSISTÊNCIA MÉDICA
e. COFRE ESTAVA _____ NO TIETÊ

Lição 23. Emprego de *morar, residir, residente, domiciliado, situado*

> Empregam-se os verbos **morar, residir** e os adjetivos **residente, domiciliado, situado** e suas flexões com a preposição em, *que pode aparecer contraída* (no, na, nos, nas): Já residi **em** Itu, mas, agora, moro aqui **na**[7] Rua Camões, 86.
>
> ---
> [7] Note que não se escreve moro, resido, situado etc. à rua.

Fixação estrutural

1. Preencha as lacunas com a preposição **em** ou contraída nas formas **no, na, nos, nas**:

a. Já morei _____ Florianópolis, mas resido _____ pequena cidade gaúcha.
b. Tenho um pequeno sítio situado _____ fronteira com a Bolívia.
c. Sou residente e domiciliado _____ Rua Pataxó, 634, _____ casa C.
d. Quem reside _____ Maringá, pode ser domiciliado _____ Mandaguaçu?
e. Há uma loja que vende roupas situada _____ galeria do prédio.
f. Não me interessa morar _____ praia por ter crianças estudando.
g. Residimos um ano _____ Rua Colibri e dois _____ Rua das Açucenas.
h. Até residiria _____ Ilhéus se não fosse obrigado a residir _____ Acre.
i. Lucília e eu moramos _____ mesma rua, mas _____ quadras diferentes.
j. Foz do Iguaçu está situada _____ Paraná e não _____ Paraguai.

2. Numa loja de vendas a crédito, funcionária e possível prestamista mantêm este diálogo. Complete as lacunas com a preposição **em**, contraída ou não:

– Como sabe, nosso crediário é fácil, como está escrito ali na placa. Bastam umas poucas informações. Endereço atual?
– Moro há oito anos _____ Rua Brasil, 854.

– Endereço anterior?
– Residi _____ Rua Tiradentes, 1487, por uns cinco anos.
– E antes disso?
– Deixe ver... Morei uns três anos _____ casinha situada _____ Rua Chile, 88.
– Ótimo! E antes disso?
– Hum! Parece que morei uns meses _____ certa pensão situada _____ centro... Não sei bem o endereço.
– Não sabe o endereço... E antes?
– Antes, dona, eu morava _____ barriga da minha mãe. E passe muito bem!

3. Apenas dois destes períodos devem ter as lacunas preenchidas com a preposição **em** (não contraída). Assinale a alternativa que indique tais períodos:

1. Com muito sacrifício, comprei uma casinha situada _____ Itapoá.
2. Já tive uma propriedade situada _____ região serrana do Rio.
3. Agora, estou domiciliado _____ Cuiabá, mas vou morar _____ Bahia.
4. A casa que comprei está situada _____ rua calma e sossegada.
5. O rapaz era residente _____ república que existia ali.
6. Quando ela morava _____ Argentina, ele morava _____ Chile.
7. Só quem reside _____ zona urbana será beneficiado por essa lei?
8. Pelo jeito, seu casebre está situado _____ confins do Judas.
9. Os que moram _____ zona rural acabam vindo morar _____ cidade.
10. É verdade que o Dedo de Deus está situado _____ Estado do Rio?

a. 3, 4   b. 1, 3   c. 6, 8   d. 1, 4   e. 3, 5

São preenchidas com **em** as lacunas dos períodos _____ e _____ .

Lição 24. Emprego de *a pouco* e *há pouco*

> Emprega-se **a pouco** *com relação ao futuro (geralmente acompanhado de* **daqui***)*: Irei vê-la daqui ***a pouco***.
>
> *Emprega-se* há pouco *com relação ao passado:* Fui vê-la ***há pouco***.

Fixação estrutural

1. Preencha as lacunas com **daqui a pouco** ou **há pouco**:

a. O telefone tocou _____ , sim, e fui atender, mas era engano.
b. Espere-me aqui, que voltarei _____ para conversarmos.
c. Voltamos _____ de belíssima viagem pelo interior do Estado.
d. Se sairmos _____ , pegaremos sol intenso pela frente.
e. Estivemos _____ em sua casa, mas _____ voltaremos lá.
f. Muita calma, se não _____ ninguém vai se entender.

2. Preencha as lacunas deste diálogo com **daqui a pouco** ou **há pouco**, convenientemente:

– Clotilde, cheguei _____ e quero saber se meu irmão telefonou.
– Sim. Falei com ele _____ . Disse que vem buscá-la _____ .
– E sobre o pedido que fiz a ele _____ ? Que disse?
– Nada. Mas _____ ele explica.
– Preciso da resposta agora. Não _____ !
– Ai meu nariz, mana! Não podia ter deixado pra bater a porta com tanta força _____ , depois que eu passasse?

3. Reescreva as frases, passando os verbos do passado para o futuro e vice-versa, como no exemplo:

Estive há pouco em Londrina e estarei daqui a pouco em Maringá.
Estarei daqui a pouco em Londrina e estive há pouco em Maringá.

a. Comprarei daqui a pouco a bicicleta com o dinheiro da mesada.

b. Cristina e Genoísa embarcaram há pouco naquele ônibus de linha.

c. Ouviremos daqui a pouco importante pronunciamento do prefeito.

d. Há pouco, alguém telefonou, avisando que aquele cheque voltou.

e. Quem conversou comigo há pouco foi o irmão do Benedito.

4. Depois de um fim de semana em casa de campo, chega a hora de a família voltar para a cidade. Neste diálogo de saída, preencha as lacunas com **daqui a pouco** ou **há pouco**:

– Pessoal, o passeio foi maravilhoso, mas _____ vamos embora.
– Já? O dia clareou _____ , pai.
– Menino, _____ lhe pedi que não reclamasse. Se sairmos já, _____ estaremos em casa.
– Se chegarmos _____ , não vou perder as aulas, pai.
– Por isso mesmo. Só _____ me lembrei disso.
– E não podia se lembrar só _____ ?
– Filhinho, _____ você brincava e _____ estará na escola.
– Logo hoje? _____ vi que não convém...
– E por que não convém ir _____ à escola?
– Lembrei-me _____ de que hoje há prova e não sei nada...

Lição 25. Emprego de **mal** e **mau**

Emprega-se **mal** *(substantivo ou advérbio) como antônimo de* **bem**: O **mal** que me aflige está me deixando **mal** alimentado.

Emprega-se **mau** *(adjetivo) como antônimo de* **bom**: Este é um **mau** momento para viajarmos.

Fixação estrutural

1. Preencha as lacunas com **mal** ou **mau**:

   – Doutor, estou me sentindo _____ .
   – E que _____ o aflige?
   – Não posso ficar reto. Só curvado assim, doutor.
   – Isso é _____ sinal. É velho esse _____ ?
   – Começou hoje cedo quando troquei de roupa. Esse _____ tem cura?
   – Parece que é _____ da coluna. Tire a roupa ali.
   – Doutor, estou em _____ estado?
   – O exame dirá se o _____ é grave.
   – Doutor, _____ tirei a roupa, e o _____ desapareceu.
   – Isso é _____ negócio pra mim!
   – Eu tinha abotoado a calça no botão do colarinho...

2. Substitua os quadrados por **mal** ou **mau**:

   a. Reclamar da vida é ❑ que contagia e se alastra rapidamente.
   b. O isolamento, dizem os entendidos, é muito ❑ conselheiro.

c. Eufrosina curou-se daquele ❑ que a perturbava há anos.
d. O ❑ da força não pode ser confundido com a força do ❑ .
e. Na sua opinião, um homem ❑ merece que lhe façam algum ❑ ?
f. A ação policial foi ❑ conduzida e, obviamente, ❑ finalizada.
g. O deputado não foi ❑ para os favelados e até impediu ❑ maior.
h. Pessoal, este é um ❑ momento para que sobrevenha tamanho ❑ .
i. ❑ tomou o remédio, Setembrina curou-se daquele ❑ antigo.
j. Você está ❑ informado, pois aquele cidadão é ❑ elemento.

3. Os períodos seguintes devem ter as lacunas preenchidas com **mal**, exceto um. Qual?

a. Faz _____ à saúde dedicar-se exaustivamente a qualquer atividade.
b. Dizem que "não há _____ que sempre dure nem bem que sempre ature".
c. A moça agia assim espalhafatosamente porque estava _____ acostumada.
d. O regime militar no Brasil foi um _____ momento na vida dos brasileiros?
e. Conclui-se então que para _____ entendedor nem a palavra inteira basta.

4. Identifique os dois únicos períodos em que as lacunas devem ser preenchidas com **mal** e **mau** (não obrigatoriamente na mesma ordem):

a. Passei por _____ período, mas hoje, financeiramente, não estou _____ .
b. Estava ele _____ informado e não foi surpresa que se desse _____ .
c. Por apresentar trabalho tão _____ redigido, só poderia receber _____ conceito.
d. Ela estava _____ sentada no banco do jardim e ouvia _____ minha voz.
e. Ainda que _____ lhe pergunte, que _____ atormenta a senhora no momento?
f. Diz um provérbio antiqüíssimo que o _____ não se paga com outro _____ .

Devem ser preenchidos com **mal** e **mau** os períodos de letras _____ e _____ .

Lição 26. Emprego de *mais bem* e *melhor*

> *Emprega-se* mais bem *antes de* verbo no particípio (regular, *como* **acendido**; *ou* irregular, *como* **aceso***):* Este é o carro *mais bem* equipado que vimos.
>
> *Emprega-se* melhor *nos demais casos:* É *melhor* sairmos antes que escureça. O passeio de hoje foi *melhor* que o de ontem.

Fixação estrutural

1. Preencha as lacunas com **mais bem** ou **melhor**:

a. Isa foi a moça _____ penteada pela _____ cabeleireira desta cidade.
b. Por apresentar a receita _____ feita, Esaú foi eleito o _____ confeiteiro.
c. As pessoas _____ instruídas julgaram-no _____ orador que cantor.
d. Creio que comeremos hoje a _____ carne quando estiver _____ passada.
e. Apenas o animal _____ tratado receberá _____ acomodação na feira.
f. Será _____ pago o artista que _____ desempenho demonstrar aqui.
g. É _____ que nos explique por que esse trabalho não foi _____ feito.
h. O jardim está agora _____ cuidado que antes, e isso é _____ para nós.
i. Quero os pastéis _____ fritos para que sejam _____ apreciados.
j. Consegui _____ lugar que ontem, e daqui temos _____ ângulo de visão.

2. Rapaz e moça estão na sacada de um prédio e admiram a beleza de uma árvore das imediações. Assinale com x na coluna da direita a forma que substitui corretamente os quadrados do diálogo.

– Aquela é a árvore ❏ cuidada daqui.   ( ) mais bem   ( ) melhor
– Pudera! Está no ❏ lugar da praça!   ( ) mais bem   ( ) melhor
– Não é praça, mas o terreno
  ❏ localizado do bairro.   ( ) mais bem   ( ) melhor
– Mas é o ❏ lugar para uma praça.   ( ) mais bem   ( ) melhor

– Mas vão erguer ali o ❑ e maior
edifício da região.   ( ) mais bem   ( ) melhor
– Então a árvore ficará ❑ protegida.   ( ) mais bem   ( ) melhor
– Até pode. Só que eu perco a vista
da ❑ paisagem.   ( ) mais bem   ( ) melhor
– Nesse caso, será ❑ mudar-se para
esse edifício.   ( ) mais bem   ( ) melhor
– Se eu fosse ❑ remunerado na
profissão, até poderia.   ( ) mais bem   ( ) melhor

3. Complete as frases, usando **mais bem** ou **melhor**:

a. A _____ vassoura é a que deixa o chão _____ varrido?
b. Para mim, a _____ cidade é a que está _____ administrada.
c. Cedi o _____ lugar que havia no setor _____ iluminado.
d. Você ficará _____ atualizado se tiver _____ acesso à informação.
e. Candidato _____ preparado terá _____ votação no pleito.
f. Ana estava _____ informada do caso que seu _____ assessor.
g. É óbvio que a _____ mercadoria é a que tem _____ qualidade.
h. Só os trabalhos _____ realizados receberam _____ conceito.
i. Esta pintura está _____ acabada, mas aquela tem _____ qualidade.
j. Para o bolo ficar _____ , é preciso que a massa seja _____ batida.

Lição 27. Emprego de todo, toda, todo o, toda a, todos os, todas as

> *Emprega-se* todo, toda *(sem artigo) quando equivalentes a* qualquer.
>
> *Emprega-se* todo o, toda a *(com artigo) quando equivalentes a* inteiro(a).
>
> *Emprega-se* todos os, todas as *(sempre com artigo) quando equivalentes a* quaisquer.

Fixação estrutural

1. Dono de cinema desativado mostra o prédio a possível comprador. Preencha as lacunas do diálogo com **todo, toda, todo o, todos os, toda a, todas as**:

   – Vou mostrar _____ cinema.
   – Que cheiro horrível esse que existe em _____ cinema velho.
   – Não sei por que _____ comprador só vê defeito...
   – É que _____ prédio deste cinema está em mau estado.
   – É que _____ cinemas passam por crise.
   – Mas _____ proprietário deve conservar o que tem.
   – Gastei _____ dinheiro da empresa com encargos, rescisões...
   – Parece que _____ parede deste lado está oca.
   – Não. Vou bater com força nela. Note que _____ construção é sólida.
   – Notei! É sólido _____ material que desabou sobre nós!

2. Reescreva estas frases como no modelo:

Qualquer menino faria o que a turma inteira fez.
Todo menino faria o que toda a turma fez.

a. Qualquer funcionário pode fazer os reparos inteiros.

b. Asfaltar as ruas inteiras dos bairros qualquer candidato promete.

c. O Brasil inteiro quer que qualquer político seja honesto.

d. A família inteira apoiava qualquer atitude do pai.

e. Em qualquer emergência, conte com o inteiro apoio de Rita.

f. Qualquer cidadão consciente apóia sua proposta inteira.

g. Qualquer estranho que se aproxime faz a rua inteira se assustar.

h. A semana inteira de qualquer mês estou trabalhando aqui.

i. Por esse preço, qualquer pessoa compra a boiada inteira.

3. Neste diálogo, ocorrido em certo consultório médico, as lacunas estão numeradas e devem ser preenchidas com **todo, toda, todo o, toda a, todos os**. Indique pelo número a única lacuna que deve ser preenchida com **todos os**:

– Ah!, doutor! Passei procurando-o ___1___ manhã.
– Já me achou e tem ___2___ clínica às suas ordens.
– Vou contar ___3___ problema, pois o senhor resolve ___4___ caso difícil.
– Aqui, ___5___ paciente tem ___6___ liberdade de expressão, senhorita.

– Ah!, doutor! __7__ manhã me aparecem manchas por __8__ corpo.
– Sabe que __9__ diagnósticos dependem de exame localizado.
– Ponha __10__ língua para fora, senhorita.
– Eu? As manchas aparecem por __11__ corpo da vovó!
– Ah! Então, senhora, ponha __12__ língua para fora.

Deve ser preenchida com **todos os** a lacuna número ____.

Lição 28. Emprego de *para eu* e *para mim*

Emprega-se **para eu** *quando houver em seguida verbo no infinitivo. Nesse caso, o pronome* **eu** *é sujeito do verbo:* Comprei este livro **para eu** ler à noite.

Emprega-se **para mim***:*
a. *quando estiver no fim da frase:*
   Traga umas frutas ***para mim***.
b. *se não houver em seguida verbo no infinitivo:*
   Compre **para mim** esse colarzinho.
c. *mesmo havendo infinitivo depois, se for possível deslocar essa expressão para o início da frase:*
   Foi difícil para mim **tomar** essa decisão.
   Para mim, foi difícil **tomar** essa decisão.

Fixação estrutural

1. Preencha as lacunas com **para eu** ou **para mim**:

a. Pediram _____ vir aqui, pois há umas encomendas _____ levar.
b. Se é _____ ir à Prefeitura, arranjem alguma condução _____ .
c. Disseram-me que você trará uns papéis _____ assinar.
d. Não me foi agradável que essa decisão fosse deixada _____ tomar.
e. Quando entrar, deixe o caminho livre _____ passar.
f. Trouxeram o relógio só _____ examinar, mas não o mostraram _____ .
g. Esse rádio, _____ arrumá-lo, não é trabalho vantajoso _____ .
h. Se disseram _____ ir à festa é porque mandaram convite _____ .
i. Venha aqui _____ vê-lo de perto e traga uns doces _____ .
j. Tem sido insuportável _____ esperar tanto que você volte.

2. O diálogo ocorre num encontro casual de dois jovens, sendo ele o portador de uma encomenda. Nas falas, preencha as lacunas com **para eu** ou **para mim**:

– Oh! Veio me namorar e trouxe flores _____ ?

67

– Não é isso. Meu primo pediu _____ que as levasse para a namorada dele.
– Quem é ela? Conte _____ .
– Não sei. Ele disse _____ entregá-las a uma das moças mais bonitas desta rua.
– Então, mostre o envelope _____ ver se a conheço.
– Está sem nome. Acho que é _____ não saber quem é ela.
– Então, deixe-me olhar o cartão dentro do envelope. É _____ saber quem é a namorada do seu primo.
– Ah! Não é fácil _____ deixá-la ver o cartão, mas se pede...
– Oh! Estas flores são _____ ! Veja meu nome aqui.
– Ai! Bolas! Isso é _____ não confiar mais no meu primo! Nem nas mulheres!

3. Complete as frases com **para eu** ou **para mim**:

a. Se é _____ desocupar a casa, tragam o mandado judicial _____ examinar.
b. Se telefonarem _____ , é quase certo que é _____ ir acertar as contas.
c. Você tem aí algo _____ examinar, conforme explicaram _____ ontem?
d. Deixaram aí um grande pacote _____ , mas não é _____ abri-lo hoje.
e. Assim que sorriu _____ , fui saber se, namorando-a, haveria vantagem _____ .
f. Não sei, mas parece impossível _____ acreditar que mandaram algo tão precioso _____ .
g. _____ sair daqui sem problemas, paguem _____ todos os meus direitos.
h. Saia daí _____ ver se há encomenda _____ .

i. Não quero _____ essa comissão, que é _____ ficar com a consciência tranqüila.
j. Arrolem _____ todas as dificuldades _____ tentar resolvê-las uma a uma.

4. Na questão anterior, há apenas um caso em que se deve empregar **para mim** mesmo havendo em seguida verbo no **infinitivo**. Em que período isso aconteceu e por que se emprega **para mim**?

Lição 29. Emprego de *porque, porquê, por que, por quê*

> *Emprega-se* porquê *quando for* substantivo *e, por isso, pode ter plural e receber* artigo *ou* pronome: Risque esse ***porquê*** daqui e aqueles ***porquês*** da outra página.
>
> *Emprega-se* por que:
> – *no início ou meio de frase interrogativa e/ou quando for possível lhe acrescentar* motivo, razão: ***Por que*** estás aqui? Sei ***por que*** (razão) ela saiu;
> – *quando equivale a* pelo qual, pela qual *(ou seus plurais):* Sei os motivos ***por que*** (= pelos quais) Ana faltou hoje.
>
> *Emprega-se* por quê *no fim da frase:* Diga se ela saiu e ***por quê***.
>
> *Emprega-se* porque *nos demais casos (quando for* conjunção[8]*):* Você saiu ***porque*** quis.
>
> ---
> [8] Conjunção *é a palavra ou expressão que liga orações ou palavras de iguais funções sintáticas na mesma oração.*

Fixação estrutural

1. Preencha as lacunas dos períodos com **porque, porquê, por que** ou **por quê**:

a. Alguém ficou zangado por causa daquele _____ irônico.
b. Gente, _____ tanta violência desse jeito nesta cidade?
c. Não consigo entender _____ ainda estamos nesta situação.
d. Há meios de luta contra essa injustiça e eu explico _____ .
e. Não faço tais homenagens _____ seriam ridículas demais.
f. Você, não sei _____ , complicou as relações entre eles.
g. Ele saiu e eu fiquei sem o _____ daquela encrenca toda.
h. Conte tudo o que você fez em Belém e explique _____ .
i. Não há qualquer _____ capaz de resolver essa dúvida.
j. Aí estão as injustiças _____ nos lamentamos constantemente.

2. Rapaz apaixonado vai à procura da moça para falar de amor. Preencha as lacunas do diálogo com **porque**, **porquê**, **por que** ou **por quê**:

– Sei _____ você veio aqui na hora de fazer esta faxina.
– Sabe? Então diga _____ .
– Veio _____ não sabia o que fazer da vida.
– Só eu sei o _____ da minha vida!
– Hum!... Sabe que esse _____ me interessa?
– E _____ interessa esse _____ da minha vida?
– _____ você vai me ajudando na faxina enquanto me conta...

3. Complete os períodos com **porque**, **porquê**, **por que** ou **por quê**:

a. Se esse _____ é dispensável em sua redação, _____ não eliminá-lo?
b. Avisei _____ caminho devias andar _____ o conheço muito bem.
c. Ora, _____ pôr tanto _____ numa frase assim tão curta como essa?
d. Havendo _____ reclamar, reclame _____ é seu legítimo direito.
e. Domingo, esfriou _____ choveu, mas choveu não sei bem _____ .
f. O motivo _____ o chamei é perguntar-lhe _____ reclama tanto.
g. Luís, _____ acrescentou este _____ ao documento quando o digitou?
h. Vamos embora _____ é tarde e não _____ temos pressa de sair.
i. A proposta _____ nos batemos é boa _____ tem aval de técnicos.
j. Ela se demitiu _____ quis e, se vai mal, não me interessa _____ .

4. Assinale, na coluna da direita, a(s) forma(s), correta(s), que substitui(em) o(s) quadrado(s) neste diálogo:

– ❏ está chegando tarde?	( ) porquê	( ) por que
– Chego tarde ❏ me atrasei.	( ) porque	( ) por que
– Atrasou-se? Então, explique ❏ .	( ) porquê	( ) por quê
– Não tenho nenhum ❏ agora.	( ) porque	( ) porquê
– Atrasou-se ❏ quis se atrasar.	( ) porque	( ) por que
– Eu? E ❏ iria querer?	( ) por quê	( ) por que
– ❏ queria chegar tarde! Ora essa!	( ) porque	( ) porquê
– E ❏ não posso chegar tarde?	( ) por que	( ) por quê
– Já lhe expliquei ❏ razão.	( ) porquê	( ) por que
– E ❏ não explica de novo?	( ) por que	( ) por quê
– ❏ você não explicou ❏ se atrasou.	( ) porque	( ) por que
– Mas você já disse ❏ me atrasei.	( ) por que	( ) porque
– Eu disse? E ❏ iria dizer?	( ) porquê	( ) por que
– Sei lá! Talvez ❏ saiba ❏ cheguei tarde.	( ) porque	( ) por que
– Chegou tarde ❏ se atrasou e não sabe ❏ se atrasou.	( ) porque	( ) por que

– Então...

Lição 30. Emprego de *é boa, é bom, são boas, são bons*

> *Emprega-se* **é boa, é bom, são boas, são bons** *concordando com palavra acompanhada de* artigo[9] *ou* pronome[10].
>
> a. Essa água ***é boa*** para beber.
> b. Certos pêssegos ***são bons*** para sobremesa.
>
> *Palavra acompanhada*   *Palavra acompanhada*
>
> *Emprega-se* **é bom** *sempre com palavra (mesmo no plural e/ou no feminino) desacompanhada de artigo ou pronome.*
>
> a. Água ***é bom*** para a saúde.
> b. Pêssegos ***é bom*** para sobremesa.
>
> *Palavra desacompanhada*   *Palavra desacompanhada*
>
> ---
> [9] Artigos: *o(s), a(s), um, uns, uma(s).*
> [10] Pronomes: *este(s), esta(s), esse(s), essa(s), aquela(s), aquele(s), meu(s), minha(s), teu(s), tua(s), seu(s), suas(s), algum, alguns, alguma(s), certo(s), muita(s), muito(s)* etc.

Fixação estrutural

1. Reescreva estas frases, eliminando os **artigos** e os **pronomes** destacados:

a. **Essa** conversa é boa para eliminar as dúvidas.

b. Bem sei que **a** verdura é boa na alimentação.

c. Sabemos também que **o** arroz é bom para a saúde.

d. **Os** aperitivos são bons para nos abrir o apetite.

e. **Aquelas** frutas são boas para fazer suco gelado.

2. Reescreva estas frases, acrescentando os artigos **o**, **a**, **os**, **as** diante das palavras destacadas:

a. **Cigarros** é bom para quem quer ter câncer.

b. **Chuveirada** agora é bom para nos refrescar.

c. Para aqueles que a recebem, **herança** é bom.

d. **Cera** é bom para dar certa proteção à lataria.

e. Você sabe que **cerveja** é bom como diurético?

3. Neste diálogo, ocorrido durante o corte dos remanescentes fios de cabelo de imbatível candidato à calvície, complete as lacunas com **é boa**, **é bom**, **são boas**, **são bons**:

– Camomila _____ para calvície?
– A camomila _____ para quem tem cabelo.
– As massagens _____ no tratamento?
– Massagens _____ , mas não para isso. Ovos _____ demais.
– Os ovos _____ contra a calvície?
– Ovos _____ para fazer omelete...

4. Preencha as lacunas com **é boa**, **é bom**, **são boas**, **são bons**:

a. Percebo que os conselhos _____ nas dificuldades.
b. Sem dúvida, uma limonada _____ para refrescar.
c. Nesta época do ano, verduras _____ nas refeições.
d. Quaisquer chinelos _____ para quem tenha calo.
e. Riqueza _____ para quem goza de saúde estável.
f. Algumas verduras _____ mesmo na entressafra.
g. Prudência _____ em quaisquer empreendimentos.
h. Não sei bem se cerveja _____ para o organismo.
i. Aquelas pimentas não _____ para tais temperos.
j. Uma advertência severa _____ como intimidação.

5. Na questão anterior, apenas em dois períodos as lacunas foram preenchidas com **é boa**. Em que períodos e por que se empregou **é boa** e não **é bom**?

Lição 31. Emprego dos prefixos **ante-**, **anti-** e **re-**

Emprega-se o prefixo ante- *para acrescentar às palavras a idéia de* **anterioridade***:* Estive em sua casa ***anteontem***, mas não o encontrei.

Emprega-se o prefixo anti- *para acrescentar às palavras a idéia de* **oposição**, **contrariedade***:* A campanha ***antifumo*** tem já muitos adeptos.

Emprega-se o prefixo re- *para acrescentar às palavras a idéia de* **repetição**, *de* **ação retroativa**, *de* **intensidade**, *de* **troca** *ou* **reciprocidade***:* E eis que ele foi ***reeleito*** com alta porcentagem de votos.

Usa-se **hífen** *depois de* ante- *e de* anti- *se em seguida houver* **h, r** *ou* **s***: ante-histórico, anti-herói, ante-rosto, anti-reumático, ante-sala, anti-sátira.*

Perdem o **h** *inicial as palavras que receberem o prefixo* re-*: reaver, reabilitação, reidratação.*

Fixação estrutural

1. Baseando-se no que estiver destacado, preencha as lacunas deste diálogo com palavras acrescidas do prefixo **re-**:

– Alguém **pôs de novo** aqui minha caixa de bombons.

– Pois é. Alguém _____ aí a sua caixa de bombons.

– Não acha estranho que a caixa tenha **aparecido de novo**?
– Às vezes acontece de _____ ...
– Aí, **contei de novo** os bombons. Três vezes.
– Então, você os _____ três vezes.
– Enquanto isso, você **apareceu de novo**, comendo bombons.
– Pois é. _____ comendo uns bombonzinhos que ganhei.
– E você pode **explicar de novo** como faltam cinco bombons na minha caixa?
– Até poderia _____ , mas... estou com tanta pressa!

2. Preencha as lacunas destes períodos com as palavras dos parênteses, acrescidas de prefixo **ante-** ou **anti-**:

a. Por causa desse cão, tomei três injeções _____ . (rábicas)
b. Será que alguém acredita na eficácia desse _____ ? (ácido)
c. Estive na casa dela _____ à tarde, mas não a vi. (ontem)
d. A maquete é necessária para a _____ do prédio. (visão)
e. Que razões havia para os nazistas serem _____ ? (semitas)
f. A maioria de meus _____ veio de Portugal. (passados)
g. Você crê que esse é outro movimento _____ ? (constitucional)
h. O acidente foi grave, mas só feri o _____ . (braço)

3. Acrescente os prefixos **ante-**, **anti-** ou **re-** às palavras deste diálogo, usando ou não hífen:

– Por que não foi à reunião _____ ontem?
– Falta de companhia. Minha prima é muito _____ social e não queria _____ ver os amigos.
– Queria que você _____ visse o _____ projeto dos estatutos.
– Fiquei vendo filme de animais _____ diluvianos e _____ fazendo umas contas.
– E nós fomos ver um filme que _____ bate idéias _____ capitalistas.
– E eu comi umas empadas, mas tive de tomar _____ ácido.
– Ainda bem que não foi um _____ rábico.

– Que maldade!
– Sabe que o Rui foi o _____ penúltimo a sair do cinema?
– Não diga! E quem foi o último?
– Quando acordei, disseram que fui eu...

4. Reescreva as frases, acrescentando convenientemente às palavras destacadas os prefixos **ante-**, **anti-** ou **re-**:

a. Será **higiênico aproveitar** a embalagem desse produto?

b. É preciso **pintar** a **sala** com produto melhor que esse.

c. Mesmo com o **braço** machucado, ela **organizou** tudo.

d. Não me pareceu **ética** a **formulação** dessa proposta.

e. Depois de quase meia hora, **começou** o **ato** da peça.

5. Preencha as lacunas destes períodos com as palavras dos parênteses, acrescidas convenientemente dos prefixos **ante-**, **anti-** ou **re-**:

a. Procure na _____ um frasco de _____ . (câmara – caspa)
b. Ela precisa de _____ para _____ as forças. (anêmico – fazer)
c. Na _____ do casamento, ela _____ o erro. (véspera – conheceu)
d. Só votaremos a favor se _____ o _____ . (avaliarmos – projeto)
e. É bom _____ aqui um pouco mais de _____ . (aplicar – corrosivo)

Lição 32. Emprego de *cujo, cuja, cujos, cujas*

> Emprega-se cujo *(e suas flexões)*, concordando em gênero e número *com a* coisa possuída.
>
> *1.* cujo *indica* posse *e tem como* antecedente *o* possuidor *e como* conseqüente *a* coisa possuída*:*
>
> O carro ***cujo*** combustível acabou está à venda.
> ↑   ↑
> *Possuidor*   *Coisa possuída*
>
> *2.* cujo *exige* preposição *(*a, com, contra, de, em, por*) quando o* verbo seguinte *a exigir:*
>
> A moça de ***cuja*** sinceridade gostei é artista.
> ↑   ↑
> *Preposição*   *Verbo que exige preposição*

Fixação estrutural

1. Observe o exemplo para empregar **cujo** (e suas flexões):

O rapaz chegou. A curiosidade do rapaz é imensa[11].
O rapaz cuja curiosidade é imensa chegou.

a. O homem era estranho. As barbas do homem estavam crescidas.

b. Encontrei aquela casa. Os muros daquela casa são muito altos.

c. Aquela mulher está doente. A criança daquela mulher chora.

d. Não vi o homem. Você falou com os irmãos do homem ontem.

e. Apreciei muito os turistas. Viajei em companhia dos turistas.

---

11. Observar no modelo o que desaparece. Notar que **cujo** aparece logo depois do **possuidor**. Observar também que depois de **cujo não há artigo**.

f. O menino ria do palhaço. Os pés do menino estavam descalços.

g. Já conhecia bem a moça. Conversei com os pais da moça.

h. O projeto foi aprovado. Lutamos contra a aprovação do projeto.

i. Elogiei a testemunha. Gostei da sinceridade da testemunha.

2. Neste diálogo, ocorrido entre o chefe dos recursos humanos de uma empresa e um de seus funcionários, preencha as lacunas com **cujo** (ou suas flexões), preposicionado ou não:

– Conhece aquele homem _____ maleta caiu?
– Claro! É um homem _____ idoneidade não confio.
– Sabe onde ele mora?
– Claro! Numa casa _____ aparência não gosto.
– Conhece o irmão dele?
– Claro! É um homem _____ procedimentos não simpatizo.
– Conhece alguma qualidade dele?
– Claro! Malandragem! É algo _____ existência luto tanto!
– Sabe que é meu pai o homem _____ defeitos se refere?
– Vixe! Então sou o homem _____ emprego vai pro beleléu!

3. Neste outro diálogo, ocorrido à beira de uma piscina de clube, complete as falas com **cujo** (ou suas flexões), preposicionado ou não:

– Ó grandalhão, procuro uma garota _____ beleza é enternecedora. Viu-a?
– Seria uma garota _____ olhos azuis lembram pedacinhos do céu?
– Uma garota _____ fala extasia a gente.
– Seria uma garota _____ companhia é sempre bom estar?
– Talvez! É uma garota _____ caminhar todos gostam.
– Seria por acaso uma garota _____ pele nos lembra pétalas de rosa?
– É uma garota _____ beleza jamais esquecerei.

– Seria uma garota _____ namorado sou eu, baixinho?
– A-acho que nã-não é essa nã-não... A-adeusinho, a-adeusinho!

Lição 33. Emprego de *pronomes oblíquos átonos com função possessiva*

Empregam-se, por elegância, os pronomes oblíquos átonos *(me, te, lhe, nos, vos)* em função possessiva, *isto é: como substitutos, respectivamente, de* meu, teu, seu *(e também* dele*),* nosso, vosso *e suas flexões:* Beijo-***lhe*** (= suas) mãos.

Quando *os* pronomes oblíquos átonos *tiverem* função possessiva, *usa-se* artigo *diante da* coisa possuída. *O artigo aí tem o mesmo gênero e o mesmo grau da coisa possuída.*

Beijo suas mãos – Beijo-lhe ***as*** mãos. *Feminino plural*
                           ↑   ↑
                      Artigo Coisa possuída

Os pronomes oblíquos átonos, *mesmo em* função possessiva, *estão sujeitos às regras de* colocação pronominal.

Fixação estrutural

1. Reescreva estas frases, empregando **pronomes oblíquos átonos** com **função possessiva**:

a. Louvo tua decisão firme e admiro o teu esforço, meu rapaz.

b. Aquelas palavras impensadas machucaram nossos corações.

c. Seja qual for o motivo, não permito que leias minhas cartas.

d. Não conheço nada mais repousante que acariciar teus cabelos.

e. Roubaram minha carteira em plena luz do dia, senhor delegado.

f. Sinto-me indigno de tocar vossas mãos imaculadas, senhorita.

g. Eni usa aquelas botas para que ninguém veja os pés dela?

h. Senhor, alguém pintou vosso rosto enquanto dormíeis no avião.

i. Senhora, quem é o cabeleireiro que corta seus cabelos assim?

j. Massageiam meu ego quando vocês falam assim bem de mim.

2. Reescreva nos parênteses apenas a parte das falas das personagens em que é possível empregar **pronomes oblíquos átonos** com **função possessiva**:

Na alva areia do verde mar de Fortaleza, a moça toma sol, exibindo sua incomparável forma dentro de um minúsculo biquíni. Como está só, um senhor idoso, cerimonioso e pedante aproxima-se e tenta entabular conversa:
– Oi, beleza! Posso saber seu nome? (_____)
Sem resposta, o senhor insiste:
– Permita-me admirar sua beleza. (_____)
Mesmo sem a menor esperança de sucesso, o senhor tenta ir além:
– Posso segurar suas mãos angelicais? (_____)
Torna-se enervante a insistência:
– E acariciar seus cabelos sedosos? (_____)
A ousadia aumenta:
– E beijar sua testa? E... (_____)
– E conhecer o namorado dela? (_____) – Era a voz forte do musculoso namorado da moça, chegando nesse momento.
O inconveniente evadiu-se às pressas, comentando de si para si:
– Hi! Estragaram meu dia! (_____)

3. Preencha as lacunas, empregando nelas **pronomes oblíquos átonos** com **função possessiva**, como no modelo:

Um vento frio invadiu-_nos a casa_ quando abrimos a janela. (nossa casa)

a. Dói _____ quando tomo esse remédio em jejum. (meu estômago)
b. Essa notícia aguça _____ pelo desfecho do caso. (nossa curiosidade)

c. Os filhos dilapidaram _____ em proveito alheio. (a fortuna dela)
d. Os marginais arrombaram _____ com muita facilidade. (o carro dela)
e. Fito _____ porque muito admiro a beleza deles. (seus olhos)
f. Quando sinto grande emoção, latejam _____ . (minhas veias)
g. Enquanto fui à tesouraria, rabiscaram _____ . (meu caderno)
h. Mamãe comprimiu _____ , tentando acalmar minha dor. (meu ventre)
i. Pulsa _____ quando te alegras, minha querida. (teu coração)

Lição 34. Emprego de **pronomes oblíquos átonos** depois do **verbo**

Quando o **pronome átono oblíquo o** (a, os, as) aparecer depois de verbo[13] terminado:

a. em **-r, -s** ou **-z**, essas letras desaparecem, o pronome recebe **l** e junta-se ao que sobrou do verbo por hífen:

procurar + o = procurá-lo; pus + a = pu-la; faz + os = fá-los;

b. em **-m, -ão** ou **-õe**, o pronome recebe **n** e junta-se ao verbo por hífen:

procuram + o = procuram-no; dão + as = dão-nas; lêem + as = lêem-nas; propõe + os = propõe-nos;

c. de qualquer outra forma, o pronome junta-se ao verbo por hífen sem alteração:

procurei + o = procurei-o; vendo + as = vendo-as; vira + os = vira-os.

---
[13] A essa colocação dá-se o nome de ênclise.

Fixação estrutural

1. Preencha as lacunas deste diálogo com o verbo já empregado na fala anterior e o pronome átono oblíquo que substitua a parte destacada:

– Você pode ver bem **o pasteleiro**?
– Claro que posso _____ bem.
– Você gostaria de comer **uns pastéis**?
– Claro que gostaria de _____ .

– Então, posso pedir **uns pastéis**?
– Claro que pode _____ .
– Aqui estão. Conhece **pastéis** tão bons?
– Claro! _____ há anos.
– Agora você me faz **um favor**?
– Claro! _____ com prazer.
– Então pague a conta que dinheiro aqui nem pensar!

2. Reescreva os períodos, substituindo o que estiver destacado por pronome átono oblíquo (**o** ou suas flexões):

a. Elisabete abriu a porta e fechou **a porta** em seguida com receio do frio.

b. Vendo os chinelos, Clóvis pegou **os chinelos** e pôs **os chinelos** no armário.

c. Perdida a aliança, Úrsula pôs-se a procurar **a aliança** sem encontrar **a aliança**.

d. O carpinteiro trouxe a serra, enfiou **a serra** num vão e fez **a serra** funcionar.

e. Assim que viram os gatos presos, os rapazes tiraram **os gatos** daquele lugar.

f. O balconista pegou as xícaras, limpou **as xícaras** e pôs **as xícaras** numa caixa.

g. Viram as moças, cumprimentaram **as moças** e ouviram **as moças** responderem.

h. Claudemira lê o livro, fecha **o livro** e põe **o livro** no alto da estante da sala.

i. Tirei a caneta do estojo e pus **a caneta** sobre uma longa mesa de jantar.

j. Juntem esses agasalhos usados e dêem **esses agasalhos** ao asilo de idosos.

3. Neste diálogo, entre um escritor já idoso e um leitor ainda jovem, preencha as lacunas com os verbos já citados e o pronome átono oblíquo que substitua a parte destacada:

    – Você compreendeu bem **essa história** que escrevi?
    – _____ bem, sim, senhor.
    – Gostou de ler **as trapalhadas** da personagem?
    – Gostei muito de _____ , sim, senhor.
    – Seus amigos gostariam de conhecer **essa história**?
    – Creio que gostariam de _____ sim, senhor.
    – Essa história faz **as pessoas** rirem muito, não é?
    – Ah! A história _____ rirem muito, sim, senhor.
    – Então, ponha **o texto** à disposição de seus amigos.
    – Pensei em _____ , mas alguém _____ no lixo, sim, senhor.
    – Minha história no lixo? Ora! Quem fez **tal loucura**?
    – Acho que eu mesmo _____ , sim, senhor!

Lição 35. Emprego de *preposição* antes do pronome relativo *que*

> Emprega-se preposição *antes de* pronome relativo[13] que *se for exigida pelo verbo*[14] *seguinte:*
>
> A lei *a que* me refiro vale para todos.
> ↑ ↑
> *Preposição Verbo que exige preposição*
>
> O homem *de quem* falei está aqui.
> ↑ ↑
> *de = preposição falar (de) verbo que exigiu preposição*
>
> [13] Pronome relativo *é a palavra que se relaciona a um termo anterior, substituindo-o. Assim:* Comprei a casa. Alugava a casa. Comprei a casa *que* alugava.
> [14] As exigências do verbo são estudadas em **Regência verbal** *nas gramáticas ou nos bons dicionários.*

Fixação estrutural

1. Preencha as lacunas com as preposições indicadas à direita, conforme a exigência dos verbos destacados:

   a. Você desconhece o caso _____ que estou **pensando**.   (de)
   b. A pessoa _____ que mais **gosto** no mundo é você.   (com)
   c. Não entendo do assunto _____ que vocês se **referiam**.   (em)
   d. Fumar é um vício _____ que as autoridade **lutam**.   (a)
   e. Foi eliminada a frase _____ que ela se **aborreceu**.   (contra)

2. Preencha as lacunas com preposição, se o verbo destacado exigir:

   a. É muito agradável a região _____ que **visitei** nas férias com mamãe.
   b. Eram firmes as grades da gaiola _____ que o pássaro se **debatia**.
   c. Tragam amanhã sem falta aqueles documentos _____ que **preciso**.
   d. Para construir um prédio, desmancharam a casa _____ que **nasci**.
   e. Mãe, fica longe de tudo a cidade _____ que **chegamos** agora.
   f. Acabou de chegar uma notícia _____ que muito me **abalou**.

3. Neste diálogo, ocorrido à noite, numa rua à beira de um cemitério, preencha as lacunas das falas com o **pronome relativo que**, preposicionado ou não, conforme a exigência dos verbos:

– Passar pelo cemitério é coisa _____ não gosto.
– Se quer companhia _____ confie, conte comigo.
– A companhia _____ me oferece é bem-vinda.
– Sou a companhia _____ todos contam.
– O medo _____ luto é grande nestas horas!
– Conheço esse medo _____ se refere.
– Nunca teve esse medo _____ falo?
– Já tive desse medo... quando era vivo.

4. Preencha as lacunas, quando for necessário, com as preposições **a**, **com**, **contra**, **de**, **em**, **por**, conforme a exigência dos verbos destacados:

a. Tão logo entrou em casa, encontrou os documento _____ que **precisava**.
b. Pode crer que a rua _____ que **resido** está sempre muito bem cuidada.
c. Não é grande a casa _____ que **aluguei**, mas oferece algum conforto.
d. Não consigo lembrar agora o nome da música _____ que mais **gosto**.
e. Então, conseguiu para Camila o emprego _____ que ela tanto **ansiava**.

f. Os vícios _____ que **lutamos** serão finalmente banidos da sociedade.
g. A proposta _____ que me **refiro** foi discutida, mas não foi aprovada.
h. Morar nas montanhas é algo _____ que **sonho** há muitos anos.
i. Logo vi que isso é obra de pessoas _____ que **conheço** muito bem.
j. A moça _____ que **fumava** no ônibus recebeu reprimenda daquele fiscal.

Lição 36. Emprego de verbos com a palavra *se*

Na voz passiva **sintética**, *cuja fórmula é:* verbo + se + substantivo, *emprega-se o verbo* concordando *com o* substantivo:

Alugam-se roupas de frio (*equivale a*: Roupas de frio são alugadas)
Concordam

Em períodos com sujeito indeterminado, *cuja fórmula é:* verbo + se + preposição[15] + substantivo, *emprega-se o verbo no singular (mesmo que depois haja palavra no plural). A* preposição *é uma exigência do verbo: precisar de, necessitar de etc.*

Precisa-se de digitadores com prática.
Verbo no singular   Preposição

[15] São preposições, *entre outras:* a, com, contra, de, em, por.

Fixação estrutural

1. Complete os períodos, passando os verbos destacados para a terceira pessoa, acompanhados de **se**, como no exemplo:

   Alugamos estas casas para famílias pequenas.
   Alugam-se estas casas para famílias pequenas.

a. **Lutamos** contra as injustiças e o abuso da força.

b. **Consertamos** relógios analógicos e digitais.

c. **Lavamos** tapetes de qualquer tamanho ou procedência.

d. **Confiamos** em clientes que pagam sempre em dia.

e. **Necessitamos** de compreensão para sairmos da crise.

f. **Vendemos** alguns terrenos em condições excepcionais.

g. **Plastificamos** quaisquer documentos em cinco minutos.

h. **Ansiamos** por benefícios concedidos, mas não implantados.

i. **Confeccionamos** roupas femininas por preços imbatíveis.

j. **Escrevemos** cartas de amor personalizadas.

2. Nesta cena de aula num curso de propaganda, onde nem todos os alunos estão atentos, complete os períodos com o verbo já citado na fala anterior, pondo-o convenientemente no singular ou plural com **se**, usando ou não preposição:

   – O propagandista deve falar alto e certo. Vamos treinar: eu digo o verbo e cada um diz a frase inteira.
   – Você, Claudionor: **vender**.
   – _____ casas.
   – Você, Elisete: **comprar**.
   – _____ ouro.
   – Você, Roberval: **precisar**.
   – _____ digitadoras.
   – Você, Berenice: **consertar**.
   – _____ impressoras.
   – Você, Alfredo: **necessitar**.
   – _____ enfermeiras.
   – Você, Helena: **contratar**.
   – _____ cobradores.

- Você, Clotilde: **ansiar**.
- _____ salários melhores.
- Você, Alcides: **pintar**.
- Hã? Pintar?... Pintar? O Eleutério lida com isso...

3. Preencha as lacunas destes anúncios classificados com os verbos **admitir**, **alugar**, **comprar**, **imprimir**, **necessitar**, **oferecer**, **pintar**, **precisar**, **procurar**, **vender**, acompanhados de **se**:

Vendas e locações

_____ *duas casas de alvenaria de 200 m².*
_____ *uma sala comercial no Edifício Real.*
_____ *terreno de 500 m² bem localizado.*
_____ *lojas térreas em bom ponto comercial.*

Empregos

_____ *de costureiras com prática em acabamentos.*
_____ *vaga para balconista em loja de perfumes.*
_____ *de empregada doméstica com prática de forno e fogão.*
_____ *vendedores de cartelas de bingo.*

Negócios

_____ *barracão para depósito de sapatos.*
_____ *dois alto-falantes de oito polegadas.*
_____ *ações de quaisquer empresas de telecomunicações.*
_____ *faixas políticas pelos menores preços.*
_____ *de sócio em negócio promissor.*
_____ *folhetos de diversos tamanhos.*

Lição 37. Emprego de um **adjetivo** para **dois ou mais substantivos**

Emprega-se o adjetivo *que qualifica* dois *ou* mais substantivos *do* mesmo gênero *(masculino ou feminino)* no plural desse gênero:
Tenho carteira e cinta **novas**. Tenho brinco e colar **novos**.

Emprega-se o adjetivo *que qualifica* dois *ou* mais substantivos de gêneros diferentes *no:*
a. masculino[16] plural, *se estiver* depois *deles:*
Comprei tinta e pincel ***italianos***.

b. mesmo gênero e número do mais próximo, *se estiver* antes:
Visitamos ***bela*** casa e apartamento. Visitamos ***belo*** apartamento e casa.

[16] *Mesmo que haja só um masculino entre vários femininos, prevalece o masculino.*

Fixação estrutural

1. Reescreva estas frases, eliminando os adjetivos repetidos:

a. Há, no jardim, uma rosa cheirosa e um cravo cheiroso.

b. Descobri que Cecília tem vestidos caros e jóias caras.

c. Reencontrei ontem antigos amigos e antigas namoradas.

d. Já encomendei bebida suficiente e salgados suficientes.

e. Na montanha-russa, perdi valiosa pulseira e valioso brinco.

f. Cuidado para só trazer peixe fresco e camarão fresco.

g. Aquele prédio tem amplo salão e ampla área de lazer.

h. Veja um exemplo de bela moça, belo rapaz e bela criança.

i. Vai à praia com corrente cara, anel caro e pulseira cara?

j. Quem comprou fruta deliciosa e doce delicioso assim?

2. Neste diálogo entre duas estudantes que tiveram aula de concordância nominal na escola, preencha as lacunas com os adjetivos convenientes:

– Tenho em casa linda gata e lindo cachorro.
– Então, tem _____ gata e cachorro.
– No meu jardim, tenho rosa vermelha e cravo vermelho.
– Então, tem rosa e cravo _____ .
– No meu armário, tenho saia branca e casaco branco.
– Então, tem saia e casaco _____ .
– Num cantinho escondido, tenho comprida corda e comprido chicote.
– Então, tem _____ corda e chicote.
– A corda é para te amarrar, e o chicote para te surrar.
– Uai! Por quê?
– Para você parar com essa mania de concordância!

3. Preencha as lacunas com adjetivos de livre escolha:

a. Naquele pomar da chácara, há mamão e pêra _____ .
b. Quando estive em Maceió, adquiri _____ discos e fitas.
c. Parece esquisito, mas ela só usa batom e esmalte _____ .
d. Por causa do regime, só como biscoito e bolacha _____ .
e. Recebi por cortesia da Embaixada _____ revistas e livros.
f. Perdemos com essa indecisão _____ tempo e dinheiro.
g. É estranho que tenham usado _____ tapete e cortina.
h. Não resta dúvida de que ali há rio e lagoa _____ .
i. Imaginei que ela pudesse ter _____ roupa e sapatos.

4. Na questão anterior, se a concordância foi feita corretamente, em apenas dois períodos o adjetivo escolhido deve estar no feminino: um no feminino plural e outro no feminino singular. Em quais períodos?

Lição 38. Emprego do verbo com *sujeito simples*

Emprega-se o verbo, concordando *com* o sujeito simples *em* pessoa *(primeira, segunda, terceira)* e em número *(singular, plural)*:

Vós (2ª do plural) ***trabalhais*** para que

nós (1ª do plural) ***descansemos***.

Se o sujeito simples *for constituído de um* substantivo no singular, *seguido de uma* expressão partitiva no plural, *o verbo pode* concordar *com o* substantivo, *ficando no* singular, *ou pode concordar com a* expressão partitiva, *indo para o* plural. *Se o verbo concordar com o* substantivo, *diz-se* concordância gramatical, *pois assim determina a regra. Se concordar com a* expressão partitiva, *diz-se* concordância ideológica, *que é feita com a* idéia *de plural, sugerida pela expressão partitiva no plural.*

A ***maioria*** das pessoas ***pensa*** assim.

Concordância gramatical

A maioria das ***pessoas pensam*** assim.

Concordância ideológica

Se o sujeito simples *for* pronome pessoal de tratamento, *o verbo ficará na* terceira pessoa:

Pedimos que V. Sa. ***confirme*** a presença.
Não sei se S. Sa. ***despachou*** o processo.
Rogamos que V. Exas. se ***pronunciem*** sobre o caso.

Fixação estrutural

1. Neste diálogo, ocorrido entre o governador e seu secretário pessoal, complete convenientemente os verbos das falas:

– Um grupo de pessoas est _____ aí na praça, governador.

– V. Exa. sab _____ por quê?

– Não. Mas parte das pessoas carreg _____ bandeiras.

– Ah! Pessoas que desfil _____ em paz comemorando algum feito.
– Mas a maioria das pessoa carreg _____ faixas um tanto agressivas.
– Ai! É bom que V. Exa. acion _____ a polícia.
– Pra quê? Um monte de policiais est _____ lá também. E há professores.
– Ó meu Deus! Só vós poder _____ me salvar dessas incompreensões!
– Excelência, esse povo desej _____ aumento de salários.
– Outra vez? Aument _____ o salário há uns cinco anos... Mais ou menos...

2. Complete as lacunas com o verbo **adormecer** no pretérito perfeito:

a. A palestra era tão enfadonha que eu _____ logo.
b. Com a nuca apoiada no encosto, nós _____ logo.
c. Só saímos daqui ontem à noite quando vós _____ .

3. Complete as lacunas com o verbo **fazer** no futuro do pretérito:

a. Um grupo de rapazes _____ um bailinho amanhã lá em casa.
b. Soubemos que V. Revma. _____ palestra sobre ecumenismo.
c. Um bando de vândalos _____ isso mesmo com o bem público.

4. Preencha as lacunas com o verbo **recusar** no pretérito perfeito:

a. Uma porção de pessoas _____ já aquela proposta.
b. Se Sua Senhoria _____ o pedido, é que tinha motivos.
c. Não sei por que vós _____ o convite que fizemos.

5. Neste diálogo, a personagem 1 prefere **concordância ideológica**, e a personagem 2, **concordância gramatical**. Complete os verbos.

P1 – Veja como a maioria dos passageiros dorm___ no ônibus.
P2 – É. A maioria dos passageiros peg___ logo no sono.
P1 – É para isso que a maioria das pessoas viaj___ à noite.
P2 – Quem disse que a maioria das pessoas viaj___ à noite?
P1 – Um montão de pesquisas confirm___ isso.
P2 – A maioria das pesquisas se refer___ a quem viaja a negócios.

P1 – Hi! Parece que uma porção de pessoas já acord____.
P2 – Será que a maioria das pessoas acord____ com nossa conversa?
P1 – Só sei que um grupo de pessoas est___ vindo pra cima de nós.
P2 – Então, vamos dormir, que é tarde.
P1 – Dormir? Vou fugir pela janela!

6. No mesmo diálogo da questão anterior, as personagens agora têm preferências diferentes: 1 prefere **concordância gramatical**; 2 prefere **concordância ideológica**. Como ficará o diálogo?

P1 – Veja como a maioria dos passageiros dorm___ no ônibus.
P2 – É. A maioria dos passageiros peg___ logo no sono.
P1 – É para isso que a maioria das pessoas viaj___ à noite.
P2 – Quem disse que a maioria das pessoas viaj___ à noite?
P1 – Um montão de pesquisas confirm____ isso.
P2 – A maioria das pesquisas se refer____ a quem viaja a negócios.
P1 – Hi! Parece que uma porção de pessoas já acord____.
P2 – Será que a maioria das pessoas acord____ com nossa conversa?
P1 – Só sei que um grupo de pessoas est___ vindo pra cima de nós.
P2 – Então, vamos dormir, que é tarde.
P1 – Dormir? Vou fugir pela janela!

Lição 39. Emprego do *verbo* com *sujeito composto*

Emprega-se, com sujeito composto, *o verbo no* plural da pessoa que prevalecer, *isto é: a primeira sobre a segunda e a terceira; a segunda sobre a terceira:*

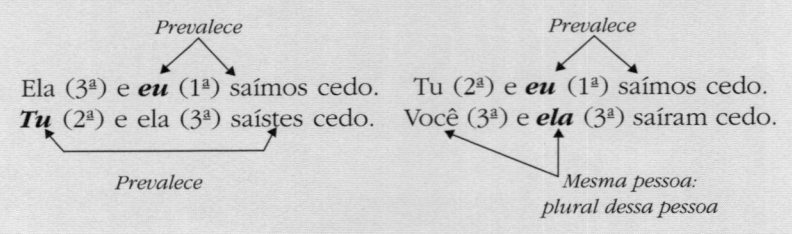

Prevalece
Ela (3ª) e *eu* (1ª) saímos cedo.
Tu (2ª) e ela (3ª) saístes cedo.

Prevalece

Prevalece
Tu (2ª) e *eu* (1ª) saímos cedo.
Você (3ª) e *ela* (3ª) saíram cedo.

Mesma pessoa: plural dessa pessoa

Observações:
a. *Se o* sujeito composto, *no* singular, *for constituído de* sinônimos, *o verbo fica no* singular: A beleza e a formosura **encanta** os olhos.
b. *Se o* sujeito composto *estiver resumido por* nada, ninguém, tudo, *o verbo fica no* singular, concordando *com a palavra que o resumir:* Onça, cobra, jacaré, nada o **amedrontava**.
c. *Se o* sujeito composto *de* núcleos de terceira pessoa *estiver depois do verbo, esse verbo pode* concordar *com a* totalidade dos seres, *indo para a* terceira pessoa do plural, *ou com o* núcleo mais próximo:
Saíram a empregada e as crianças. (Concorda com a totalidade.)
Saiu a empregada e as crianças. (Concorda com o mais próximo.)
Saíram as crianças e a empregada. (Concorda com o mais próximo.)
d. *Se o* sujeito composto *de* núcleos de diferentes pessoas gramaticais *estiver* depois *do verbo, esse verbo pode* concordar *com o* núcleo mais próximo *ou ir para o* plural da pessoa que prevalecer:
Amanhã, **partirá** minha tristeza e eu. (Concorda com o mais próximo.)
Amanhã, **partirei** eu e minha tristeza. (Concorda com o mais próximo.)
Amanhã, **partiremos** minha tristeza e eu. (Concorda com o que prevalece.)

Fixação estrutural

1. Preencha as lacunas com o verbo **trazer** no futuro do presente:

a. Virgínia, Lucília e tu _____ os convites para a festa.

b. Mamãe disse que tu e ela _____ o bolo da confeitaria.
c. Tu e teu irmão _____ boas notícias dos parentes.

2. Preencha as lacunas com o verbo **continuar** no presente do indicativo:

a. A felicidade e a alegria _____ em nosso coração.
b. Nesta sala, _____ Isabel e você nesse trabalho.
c. Em pé, no corredor, _____ o motorista e os fiscais.

3. Complete as lacunas com o verbo **impedir** no futuro do presente:

a. Frio, vento, chuva, nada _____ que eu vá ao passeio.
b. Tu e eu _____ qualquer ação prejudicial a essa gente.
c. _____ o prefeito e os vereadores que haja invasões ali?

4. Neste diálogo, ocorrido num encontro de lanchonete, preencha as lacunas com o que falta nos verbos:

– Aldo e eu combin___ um passeio.
– Tu e ele pretend___ ir aonde?
– Ir___ eu e ele a um sítio amanhã.
– Lá exist___ cavalo e carneiros?
– Creio que exist___ carneiros e cavalo.
– Será que exist___ cobra e escorpiões?
– Cobra, escorpiões, nada exist___ assim.
– Amanhã, existir___ lá um burro e um asno para montar neles.
– Como é que você sabe?
– Ué! Tu e o Aldo estar___ lá...

5. Preencha as lacunas com o que falta nos verbos:

a. Ivo, Susana e você providenciar____ a lista de compras amanhã.
b. Por que Ana, Luís, Celso, ninguém aparec____ ainda?
c. Cheg____ há pouco pelo correio esta carta e estes pacotes.
d. A plantação e o cultivo do café ainda contin____ em crise.
e. O marceneiro, o eletricista e tu cheg____ a um acordo?
f. Tu, teu irmão e tuas primas contin____ em férias ainda?
g. Tristezas, dissabores, mágoas, nada me far____ chorar.
h. Tu, Alcina e eu já examin____ o carro de alto a baixo.
i. Não quer____ eu e minha mulher negócios escusos assim.
j. Vir____ sua mãe, sua irmã e sua sobrinha para cá amanhã.

Lição 40. Emprego de *e* ou *vírgula* nos numerais cardinais

Emprega-se, na escrita por extenso dos numerais cardinais, e, vírgula *ou* e e vírgula *entre as palavras, conforme estas regras:*
a. *até 999, põe-se* e *entre cada palavra do numeral:* Há vinte *e* seis alunos na sala, mas a escola tem seiscentos *e* oitenta *e* três[17].
b. *acima de 999, põe-se* vírgula *depois de* trilhão(ões)[18], bilhão(ões), milhão(ões), mil, *e* e *entre as outras palavras do numeral:* A dívida da empresa é de um milhão, quinhentos *e* dois mil, setecentos *e* noventa *e* três reais[19].

Observação: Substitui-se por e *a* última vírgula *quando houver depois dela:*
a. *uma só palavra:* Só pago dois mil *e* cem reais pelo carro.
b. *duas palavras, sendo a última* mil *ou qualquer outra terminada em* -ão *ou* -ões: Seria bom ganhar esses dois milhões *e* quarenta e cinco mil reais.
c. *três palavras, sendo a última* mil *ou qualquer outra terminada em* -ão *ou* -ões: E onde arranjar dois milhões e cento *e* vinte mil reais?

---

[17] *Não há necessidade de escrever* três *e* dez *com* i *após o* e *nem* um *com* h.
[18] *Havendo decimal, emprega-se* e *antes do decimal, que passa a ser considerado como um novo numeral: Recebi* vinte e cinco reais *e* quarenta e cinco centavos.
[19] *Enquadram-se aqui todos os terminados em* -ão *ou* -ões.

Fixação estrutural

1. Escreva por extenso os numerais destes períodos:

a. É importante saber que o Brasil tem área de 8 547 403,5 km².

b. Por estimativa, a população de São Paulo é de 14 845 502 hab.

c. O valor do depósito feito em sua conta foi de R$ 5 001,89.

d. Esse número elevado ao quadrado equivale a 2 350 089.

e. Voando sem parar, esse avião daria a volta ao mundo em 103 h.

f. O século tem 876 600 h, tempo suficiente para evoluirmos.

g. Faça as contas para ver como a tonelada tem 1 000 000 g.

h. Receberei R$ 11 263,58 pelo veículo e não o vendo por menos.

i. Acredita que alguém sozinho possa ter R$ 1 753 866 453,00?

j. A carga toda pesou 1 t 233 kg 625 g já descontada a embalagem.

2. Nestas falas, preencha as lacunas com **e** ou **vírgula**:

– Tenho dois cheques. Um é de mil ___ quinhentos ___ vinte ___ três reais.
– Tudo isso? E o outro?
– O outro é de dois mil ___ cento ___ quinze reais.
– Beleza! Esse dinheiro é todo seu?
– Só são meus os três mil ___ seiscentos ___ sessenta ___ nove reais.
– Mas a soma só dá três mil ___ seiscentos ___ trinta ___ oito reais.
– Sei. Mas tenho trinta ___ um em dinheiro.
– Ora! Foi você quem fez as folhas dos cheques.

– Sim. E também fui eu que assinei.
– Então, só tem trinta __ um reais e me deve vinte __ cinco...
– Vou pagar com estas notas que eu mesmo fiz!

3. Escreva estes numerais cardinais por extenso:

a. 14 t 632 kg 486 g

b. 150 km 255 m

c. 420,25 ha

d. 23 h 35 m 15 s

e. R$ 5 894,56

f. R$ 115 696,32

g. US$ 18 619,45

h. US$ 96 001,25

i. 135 649

j. 100 200 000

l. 38 901 000 001

m. 2 695 872 415 618

Lição 41. Emprego dos **numerais ordinais**

Empregam-se os numerais ordinais *para indicar a* ordem *ou* colocação *dos seres.*

Com exceção de antepenúltimo, penúltimo e último, *os ordinais têm seus respectivos* cardinais*:* O candidato de número **nove** conseguiu mesmo o **nono** lugar.

Os ordinais, na maioria dos casos, são empregados antes *do substantivo, mas podem ser usados* depois *dele:* Deus descansou no **sétimo** dia. Não li ainda o capítulo **quinto**.

Nos dias da semana, empregam-se os numerais **antes** *da palavra* feira[20], *com* hífen*:* **Quinta**-feira é feriado?

Nas denominações de papas e de reis, e na designação de séculos, capítulos, artigos, parágrafos etc., emprega-se ordinal até o décimo, *e daí em diante, o* cardinal[21]: Depois de Pio **X** (décimo), veio Pio **XI** (onze).

Na indicação do dia inicial do mês, emprega-se ordinal: Sei que **primeiro** de abril é dia da mentira.

Os ordinais flexionam em gênero *(masculino e feminino) e em* número *(singular e plural):* Nos **primeiros dias**, os alunos das **oitavas séries** venceram a gincana.

Os numerais ordinais menos usados e, por isso, mais difíceis são estes:

10º décimo	80º octogésimo	600º sexcentésimo
20º vigésimo	90º nonagésimo	700º setingentésimo
30º trigésimo	100º centésimo	800º octingentésimo
40º quadragésimo	200º ducentésimo	900º noningentésimo
50º qüinquagésimo	300º trecentésimo	1 000º milésimo
60º sexagésimo	400º quadringentésimo	1 000 000º milionésimo
70º setuagésimo	500º qüingentésimo	

---

[20] Em Português, adota-se feira *para os dias da semana atendendo à recomendação do papa São Silvestre.* Feira *significa* festa, *pois a Igreja comemora a cada dia um santo. Em outras línguas ainda se empregam as denominações pagãs: dia da Lua, dia do Sol.*

[21] *Estando, porém, o numeral* anteposto, *empregam-se os* ordinais *também depois de* décimo*:* Na **vigésima** página do livro, havia nota manuscrita do autor.

Fixação estrutural

1. Neste diálogo, ocorrido após um jogo de futebol, substitua as lacunas pelo numeral **ordinal** (por extenso) correspondente ao numeral **cardinal** da fala anterior:

   – O goleiro deles fez doze defesas perfeitas.
   – Embora eu seja goleiro do nosso time, achei linda a _____ defesa.
   – Ainda bem que marcamos um gol naquele timinho.
   – Pena que o _____ foi também o último.
   – Pena foi você deixar aquele timinho fazer onze gols!
   – Ué! Não estou sabendo desse _____ gol! Só lembro de dez.
   – O Timbó tocou de calcanhar bem de mansinho...
   – Ah! Então foi quando eu dava entrevista pro jornal...

2. Reescreva estas frases, substituindo os numerais **cardinais** pelos respectivos **ordinais**, escrevendo-os por extenso, como no exemplo:

   Ari completou os dezoito anos de idade e os quinze de escola.
   Ari completou o décimo oitavo ano de idade e o décimo quinto de escola.

a. Haverá festa para comemorar os 200 anos da Independência?

b. Houve festas e decepções para comemorar os 500 anos do Descobrimento.

c. Que cantora já gravou 31 discos e 210 músicas?

d. O processo do assassínio de Fernanda já tem 1306 páginas.

e. O goleiro Picó completou 766 defesas como titular desse time.

f. Nem parece que já passamos 318 dias deste ano sem viajar.

g. Não consegui passar da página 656 desse livro de História.

h. A lei dava alguns direitos a quem completasse 1000 dias de trabalho.

i. Se é assim, como dizem, acabei de completar 12 anos dormindo.

j. No capítulo 3, versículo 38, não há essa afirmativa.

3. Neste diálogo telefônico, a primeira personagem emprega numerais **cardinais**, e a segunda, os **ordinais** correspondentes. Complete as falas da segunda personagem:

— Alô! Aqui quem fala é a dona da casa 48, quadra 29, no Jardim Refúgio.
— Sei. Estive lá na _____ casa da _____ quadra.
— Pois é. Morei lá vinte e um anos e agora quero pintar a casa e morar de novo.
— Sei. No _____ ano a senhora quer pintar a casa.
— Com o senhor, já são quinze os pintores que mandei fazer orçamento.
— Não é por eu ser o _____ profissional que o serviço será feito, dona.
— Então, é preciso completar trinta e cinco ou cinqüenta anos para a casa ser pintada?
— Para ser sincero, nem que complete o _____ ou _____ ano, dona.
— Mas eu quero morar lá mais dezenove anos!
— Não vai chegar ao _____ ano...
— Ah! Supõe que eu morra antes disso?
— Não, dona. É que a casa já caiu e roubaram todo o material.

Lição 42. Emprego do **acento grave**, indicador da **crase**

Emprega-se **acento grave** *no* a *(ou* as*) quando for resultante da* **crase** *da* preposição a *com o* artigo a *(ou* as*)*[22]: a + a(s) = à(s)[23]:

Vamos **à** loja? (Vamos exige a; loja aceita a: a + a = à)

Tenho horror **às** baratas. (Horror exige a; baratas aceita as: a + as = às)

Artifícios para o emprego correto:
a. *Substituir a palavra feminina posterior ao* **a(s)** *por masculino equivalente. Se ocorrer* **ao(s)** *com o* **masculino**, *emprega-se* **acento grave** *no* a(s) *com a palavra feminina: Assim:*

Nas férias, iríamos **as**(?) **praias** catarinenses. (dúvida)

Nas férias, iríamos **aos balneários** catarinenses. (**aos** com o masculino)

Nas férias, iríamos **às** praias catarinenses. (**às** com o feminino)

b. *Substituir o verbo por* **estar**. *Se ocorrer* **na(s)** *com o verbo* **estar**, *emprega-se* **acento grave** *no* a *com o verbo original*[24]:

Já fomos **a**(?) Espanha. (dúvida)

Já estivemos **na** Espanha. (**na** com o verbo estar)

Já fomos **à** Espanha. (**à** com o verbo original)

Já fomos **a**(?) Curitiba. (dúvida)

Já estivemos **em** Curitiba. (**em** com o verbo estar)

Já fomos **a** Curitiba. (**a** com o verbo original)

Emprega-se **acento grave** *no* a(s) *nos seguintes casos especiais:*
a. *diante de* **nome próprio de cidade** *quando acompanhado de* **adjetivo** *ou de* **locução adjetiva**: Ainda iremos **à** Ouro Preto **dos** Inconfidentes;
b. *diante de* **nomes próprios femininos de pessoas familiares ou íntimas**: Diga **à** Aurélia que venha aqui;
c. *diante de* **numerais referentes a hora**: Embarcaremos **às** quinze horas;

---

[22] *Para que haja* crase, *o termo regente (verbo ou nome) deve exigir a* preposição a, *e o termo regido deve ser palavra que aceite* artigo a(s).

[23] *A presença do* acento grave *não altera a pronúncia, que continua sendo* a(s). *Jamais se irá dizer:* aa *ou* aas.

[24] *Se ocorrer* em, *não se empregará* acento grave *no* a.

d. **no** a **dos** pronomes demonstrativos *começados por* a *quando puderem ser substituídos por* a este(s), a esta(s), a isto: Irma deu uma rosa *àquele* (= a este) rapaz;

e. *quando estiver subentendida a palavra* moda *ou* empresa: Pode servir camarão *à* baiana (à moda baiana);

f. *nas* locuções adverbiais *e* locuções prepositivas como:

à custa de	à razão de	às cegas	às pressas
à força de	à risca	às claras	às tontas
à noite	à queima-roupa	às mil maravilhas	às vezes

Fixação estrutural

1. Nestas frases, preencha as lacunas com **a**, **as**, **à** ou **às**:

a. Após assistir _____ aula, a menina saiu correndo para _____ sorveteria.

b. Todo dia, _____ dez horas, _____ mulher batia _____ porta e pedia comida.

c. Fui _____ Florianópolis só para dar parabéns _____ filha do Hermes.

d. Fizemos uma excursão _____ Petrópolis e seguimos _____ risca o roteiro.

e. Vocês comeram arroz _____ grega quando foram _____ Cataratas do Iguaçu?

f. Tudo iria _____ mil maravilhas, não fosse _____ teimosia do Severino.

g. Falamos com _____ autoridades sem conseguirmos _____ solução para o caso.

h. Vocês estão dispostos _____ trabalhar, mas deveriam chegar cedo _____ obra.

i. Quem disse _____ quela moça que o prefeito não atende _____ ninguém?

j. Penso, _____ vezes, ser melhor irmos _____ China em vez de viajarmos _____ Cuba.

2. Neste diálogo, ocorrido numa sala de espera entre a mãe e a filha pequena, complete as lacunas com **a**, **as**, **à** ou **às**:

– Ofereça balas _____ garota.

– Por quê? Ela está _____ voltas com o cachorro.
– Mostre _____ educação que você tem.
– Mostrar _____ quem? _____ ela?
– Mostre também _____ mãe dela.
– Então dou bala _____ mãe dela.
– Não. Ofereça balas _____ quela garota!
– Não posso oferecer _____ mãe dela?
– Ora! Por que recusa o oferecimento _____ garota?
– Ué! Porque _____ garota aceita!

3. Complete as lacunas com **pronomes demonstrativos** iniciados por **a**, utilizando o acento indicativo da crase, quando necessário:

a. Conte _____ moças que me referi _____ problema porque você pediu.
b. Peça _____ homens que só se dediquem _____ que for mais urgente.
c. Tenho sugerido _____ rapaz que apresse _____ trabalho da escola.

4. Reescreva estes períodos, passando o que for possível para o feminino:

a. Não vi o homem entrar certamente porque dava leite ao gato.

b. Contei ao padrinho que darei no aniversário um presente a ele.

c. Alguém então pediu ao alemão que desse o cavalo ao genro?

d. Fiz um elogio ao médico pela atenção que dedicou ao ator.

e. Solicitei ao tabelião que mandasse o secretário chamar o inquilino.

f. Aplaudiram o pianista e solicitaram a ele que repetisse a música.

g. Só dei esmola ao mendigo uma vez porque não o vi mais.

Lição 43. Emprego da vírgula

Emprega-se a vírgula, principalmente:
a. *nas* datas, *depois do nome da localidade:* Itu, 20 de abril de 2003;
b. *nos* endereços, *entre o nome da rua e o número do prédio*[25]*:* Rua Ivaí, 546;
c. *antes de* entretanto, mas, pois, no entanto *etc.:* Vá, mas volte logo;
d. *para separar os* elementos de uma enumeração[26]*:* Os ladrões pularam o muro, arrombaram a porta e levaram televisor, videocassete, rádio e máquina de escrever [27];
e. *para separar* aliás, a saber, digo, isto é, por exemplo *etc.:* Tenho vinte anos, aliás, vinte e um agora;
f. *para separar* vocativo *(palavra ou expressão usada para chamar a atenção):* Você pode, menina, parar com isso?;
g. *para separar* aposto *(palavra ou expressão que explica outra):* Isaura, a minha prima, jamais faria isso;
h. *para separar* adjunto adverbial *(palavra ou expressão que indica* tempo, lugar, modo *etc.) no início ou meio da frase*[28]*:* Agora, as coisas vão se arranjar;
i. *para indicar* ausência (elipse) *de um termo já empregado:* Ana mora em Maringá; Iva, em Porecatu. Esta personagem é bondosa; aquela, má;
j. *diante de* e *quando o sujeito da oração seguinte for diferente do sujeito da oração anterior:* "As árvores balançam calmas seus fortes galhos, e as folhas de frio gemem sem agasalho."

---

[25] *Entretanto,* não se emprega *vírgula depois de* caixa postal, telefone, bloco, conjunto, apartamento, sala, CEP, *e-mail.*
[26] *Aqui, incluem-se as* orações coordenadas assindéticas: Pare, olhe, escute, passe.
[27] *É usual empregar* e *em vez de vírgula entre os dois últimos elementos da enumeração.*
[28] *Nem sempre é obrigatório o emprego de* vírgula *nestes casos. É mais uma questão de preferência, de estilo.*

Fixação estrutural

1. Nestes períodos, complete as lacunas com a expressão **prezado amigo**, usada para chamar a atenção:

a. Você não acredita _____ que o procurei por toda parte.

b. _____ sinto dizer-lhe que é impossível ajudá-lo agora.
c. Não posso deixar de avisá-lo _____ que a dívida venceu.

2. Ponha as vírgulas que faltam nestes períodos:

a. Moro na Rua João Cardoso 151 bloco 3 apartamento 408.
b. Hoje conversei com Luísa Marcos Praxedes e Alcebíades.
c. Ainda hoje vou mandar pagá-lo aliás mandei ontem mesmo.
d. Abri o portão caminhei até a porta abri-a entrei e sentei-me.
e. Tudo pode ser explicado mas não hoje pois estou com pressa.
f. Amanhã quando anoitecer sairemos os dois digo os três.
g. Indo à feira traga couve-flor tomate repolho grão-de-bico e uva.

3. Neste diálogo, ocorrido num navio, reescreva as falas, pondo as vírgulas necessárias:

– Amigo ouve esse barulhão?
– Ouço vozes gritos choro...
– O navio está afundando amigo.
– Acredito pois o senhor gente séria diz.
– Já saíram crianças mulheres idosos...
– Então a Ana minha mulher saiu.
– Ó senhor não vai tomar providência?
– Eu? Não sou o comandante...

4. Nesta carta, ponha as vírgulas necessárias:

João Pessoa, 15 de janeiro de 2004.

Querida Luísa,

Há meses enviei-lhe um cartão, depois uma carta e mais tarde um telegrama. Você, minha querida, não me deu retorno. Pensei então que estivesse impossibilitada de se comunicar por excesso de trabalho, por viagem, por doença ou por qualquer outra circunstância.

Passados tantos dias, escrevo de novo. Agora, outra vez, quero ressaltar que meus sentimentos por você estão mais intensos. A saudade, cada vez maior. A vontade de vê-la, insuportável. Dificilmente, porém, poderei visitá-la, amada Luísa, pois mudei de emprego, de cidade e de Estado.

Por favor, escreva-me hoje, querida, e enderece a carta para Rua Botelho Pinto, 33, apartamento 608.

Com ardoroso beijo, despeço-me, apaixonadamente.

Virgílio

P.S.: Anote também: CEP 58030-120.

Lição 44. Emprego do plural das palavras compostas

Nas palavras compostas por aglutinação[29] e por justaposição[30] sem hífen, *apenas o último elemento vai para o plural:*
O **fidalgo** detestava aquele **malmequer** do jardim.
Os **fidalgos** detestavam aqueles **malmequeres**[31] do jardim.

Nas palavras compostas por justaposição com hífen, *apenas os substantivos e adjetivos vão para o plural:*
Os **cirurgiões-dentistas** tiveram alguns **bate-bocas** com esse protético.

Observações:
a. *quando o segundo elemento indica* finalidade *(para que serve) ou* tipo *do primeiro, só o primeiro varia:*
Com dois dependentes, recebo dois **salários-família**.
b. *quando os dois elementos são* adjetivos *ou* palavras repetidas, *só o segundo varia:*
Elas puseram camisetas **azul-celestes** e saíram com os **reco-recos** nas mãos.
c. *quando o primeiro elemento indica* cor, *e o segundo for um substantivo que indica a tonalidade dessa cor,* nenhum varia:
Para vestidos **azul-cobalto**, ornam botões **verde-oliva**?
d. *com palavras de três elementos,* varia o primeiro *se o do meio for* preposição:
Comi uns **pés-de-moleque** deliciosos.
e. *com palavras de três elementos,* varia o último *se o do meio não for* preposição:
Entre os **malmequeres** há uns **bem-te-vis**.

---

[29] Composição por aglutinação: *as palavras se interpenetram, havendo perda de elementos: filho + de + algo = fidalgo (pessoa com título de nobreza).*
[30] Composição por justaposição: *as palavras permanecem inteiras, lado a lado ou ligadas por hífen: passa + tempo = passatempo; mal + me + quer = malmequer.*
[31] *Observe a grafia de* malmequer *e de* bem-me-quer.

Fixação estrutural

1. Escreva no plural apenas os substantivos compostos destes períodos:

a. Para a festa, mamãe fez pão-de-ló, baba-de-moça e maria-mole.

b. Na feira, há couve-flor, noz-moscada, grão-de-bico e chapéu-de-couro.

c. Vimos lá no parque porco-espinho, tatu-bola, beija-flor e bem-te-vi.

d. Os ladrões usaram pé-de-cabra e amassaram pára-lama e pára-choque.

2. Escreva o plural destas palavras compostas:

a. amarelo-ovo

b. banana-maçã

c. bota-fora

d. buscapé

e. carta-bilhete

f. clarabóia

g. louva-a-deus

h. mula-sem-cabeça

i. passatempo

j. porta-voz

l. saca-rolha

m. sempre-viva

n. surdo-mudo

o. tico-tico

p. varapau

3. A caminho da escola, garoto e garota conversam. Preencha as lacunas com o plural das palavras compostas da fala anterior:

– Levo pra professora um olho-de-sogra, um pé-de-moleque, e um bom-bocado.

– Eu levo dois _____ , três _____ e quatro _____ .

– Levo também uma sempre-viva, um bem-me-quer e uma boca-de-leão.
– Eu levo duas _____ , três _____ e quatro _____ .
– Levo uma camiseta verde-garrafa e uma azul-escura.
– E eu levo duas camisetas _____ e duas _____ .
– Perto da sua casa há um mata-burro.
– E precisava haver dois _____ ?
– Acho que não. Lá não há burro...

4. Complete as lacunas com o plural das palavras compostas:

a. Sei que não existe mula-sem-cabeça, mas já vi _____ desenhadas.
b. Um cômodo amarelo-limão até passa, mas todos os cômodos _____ ...
c. Sei o que é barba-de-bode, mas nunca vi tantas _____ num jardim.
d. Só vimos um tico-tico onde antes havia centenas de _____ voando.
e. É certo que comi uma banana-maçã, mas você comeu cinco _____ .
f. Ontem só havia um arrasta-pé na vila, mas hoje há uns três _____ .
g. Quero uma madressilva verdadeira e não a fotografia de tantas _____ .
h. O som já está bom com um alto-falante e melhorará com dois _____ .
i. Nunca voei em teco-teco, mas tenho vários _____ em miniatura.
j. Conheço salta-martim, pois havia muitos _____ perto de nossa casa.

Lição 45. Emprego de certas palavras[32] homônimas[33] e parônimas[34]

acender: pôr fogo, incendiar: Papai **acendeu** o fogo e mamãe fez café.
ascender: subir, elevar-se: E então, Jesus **ascendeu** aos céus em glória.

acento: tom de voz, inflexão; sinal gráfico: Ponha **acento** em lágrima.
assento: lugar para se sentar: Quem rasgou assim o **assento** do carro?

adereço: objeto de adorno, enfeite: Usava ricos **adereços** a mulher do Giba.
endereço: indicação do nome, sede ou residência: Ponha seu **endereço** no verso do envelope.

apreender: apropriar-se, segurar, entender: É preciso **apreender** o sentido de certas lições e não apenas decorá-las.
aprender: tomar conhecimento, reter na memória, dominar conhecimentos: Quero **aprender** japonês antes de viajar.

acerto: ato de acertar, ajuste, acordo, correção: Isso foi **acerto** de conta!
asserto: afirmação, assertiva: O que o complicou foi o **asserto** à consulta do advogado.

acidente: acontecimento, ocorrência que deixa danos: Um buraco na pista provocou esse **acidente**.
incidente: que incide, episódio, aventura: Fizemos ótima viagem: sem nenhum **incidente**.

área: medida de superfície: Vende-se terreno com mil metros de **área**.
ária: peça musical para uma só voz, cantiga: Gostaria de que cantasse essa **ária** outra vez.

brocha: prego curto, de cabeça larga: Não martele tanto que depois a **brocha** não sai mais da madeira.
broche: jóia que se usa geralmente à altura do peito: Isa ganhou um colar de pérolas e um **broche** de esmeraldas.

---

[32] *Apenas as primeiras de cada grupo estão em ordem alfabética.*
[33] *Homônimas são as que têm escritas iguais (homógrafas) e/ou pronúncias iguais (homófonas).*
[34] *Parônimas são as que têm significado diferente e/ou pronúncias semelhantes.*

broxa: pincel grande para pintura pouco apurada: Depois de caiar o muro, lave bem a **broxa**.

bucho: estômago dos animais: Dizem que tiraram a vovozinha do **bucho** do lobo.
buxo: certa planta arbustiva: Não sei se é bom negócio investir em plantação de **buxo**.

calção: calça masculina que cobre da cintura ao meio das coxas: Esqueci meu **calção** no vestiário do clube.
caução: o que serve de garantia, fiança, penhor: Findo o contrato de locação, será restituído o valor dado como **caução**.

cegar: tornar cego: "**Cegaram** os olhos do assum-preto."
segar: ceifar, colher, cortar: É bom **segar** o trigo antes que o tempo mude.
cela: pequeno quarto, aposento de frades ou freiras, aposento em que ficam os presidiários: Serraram as grades da **cela** e fugiram.
sela: certo tipo de arreio sobre o qual o cavaleiro se senta: Aperte bem as correias para a **sela** não escorregar.

censo: recenseamento, contagem da população: Somos cinqüenta mil pelo último **censo**.
senso: juízo, siso, circunspecção: Há horas em que a gente precisa ter mesmo **senso** de humor.

cerrar: fechar, tapar, encobrir: O comércio **cerrará** as portas às dezoito horas.
serrar: cortar com serra: Vamos **serrar** a tábua pra fazer a prateleira.

cervo: animal mamífero com galhada na cabeça, veado: Num instante o **cervo** pastou as plantas da horta.
servo (é): serviçal, escravo: Vim para servir, pois sou **servo** do Senhor.

cessão: ato de ceder, doação: A Prefeitura não fez a **cessão** daquela área prometida.
seção: repartição, cada uma das divisões de: Dirija-se à **seção** de cobrança imediatamente.
sessão: espaço de tempo que dura uma reunião: Assistiremos a esse filme na **sessão** das dez.

cesta: vasilha de fibra, geralmente com alça: Ponha as compras nesta **cesta** de vime que é maior.
sesta: horário de descanso após o almoço: Nesta cidade, o comércio fecha para a **sesta** até as quatorze horas.
sexta: a que se situa entre a quinta e a sétima: Não vejo a hora de terminar a **sexta** série.

cheque: ordem de pagamento escrita em folha própria: Posso pagar com **cheque** pré-datado?
xeque: lance no jogo de xadrez, contratempo, perigo: O documento pôs em **xeque** a honestidade do deputado.

comprimento: extensão de algo, dimensão longitudinal: Traga uma corda com dez metros de **comprimento**.
cumprimento: ato de cumprir, saudação: Ela me fez um breve **cumprimento** e se afastou sorridente.
concerto: apresentação musical: Lindo o **concerto** de piano e flauta!
conserto: correção, reparação, restauração: O **conserto** da torneira ficou tão caro.

concílio: assembléia de autoridades católicas: Qual foi mesmo a importância do **Concílio** de Trento?
conselho: opinião, aviso, corporação que se incumbe de aconselhar, decidir: Reuniu-se o **Conselho** de Pastores para decidir isso.

coro: conjunto de vozes: Você continua cantando no **coro** da igreja?
couro: pele curtida de animais: Absurdo fazer bolsa com **couro** de crocodilo!

coser: costurar: Para **coser** com esse tecido, é preciso ser ágil e paciente.
cozer: cozinhar: Enquanto pai consertava o fogão, mãe tinha de **cozer** na trempe.

culto: cerimônia religiosa; instruído: Homem **culto** como ele não devia agir assim.
curto: de pequeno comprimento: Vestido **curto** com esse frio não é bom.

deferir: conceder, concordar: Será que o juiz vai **deferir** meu requerimento?

diferir: ser diferente, divergir, retardar: Por certo minha opinião vai **diferir** da sua.

delatar: denunciar, fazer delação, dedo-durar: E fica bem **delatar** um colega de profissão?
dilatar: aumentar (geralmente as dimensões): É impossível **dilatar** ainda mais esse prazo de pagamento.

descrição: ato ou efeito de descrever: A menina fez a **descrição** do mendigo com pormenores incríveis.
discrição: reserva, prudência, sensatez: Ela usava as palavras com **discrição** para não magoar ninguém.

descriminar: excluir a criminalidade, absolver de crime: Há quem queira **descriminar** as drogas para poder acabar com elas.
discriminar: diferençar, distinguir: Eram tão parecidos que a gente não os **discriminava** com facilidade.
desapercebido: desprevenido, sem cautela: Andava **desapercebido** pela rua quando foi atropelado.
despercebido: que não foi percebido, visto, sentido: O erro passou **despercebido** pelos revisores.

destinto: descorado, que perdeu a tinta: Trajava um velho blusão **destinto** pelo uso.
distinto: diferente, claro, ilustre: Homem **distinto** aquele que me ajudou com os pacotes!

diferencial: relativo a diferença, conjunto de peças do veículo que permite movimentação diferente das rodas motrizes: Antigamente, essa palavra se escrevia com acento **diferencial**.
diferenciar: diferençar, distinguir, tornar diverso: Como faremos para **diferenciar** uma toalha da outra?

digerir: fazer a digestão: Não abuse, pois pepino é difícil de **digerir**.
dirigir: dar direção, encaminhar, conduzir: Ela nem sequer quis **dirigir** um olhar para mim.

emergir: sair de onde estava mergulhado: Alegrei-me ao vê-la **emergir** daquele mar agitado.
imergir: mergulhar, submergir: Por que **imergir** o gato nessa água tão fria?

emigrar: deixar um país para se estabelecer em outro: Não pense que vou **emigrar** do Brasil assim.
imigrar: entrar num país para nele se estabelecer: Muitos japoneses estão no Brasil porque preferiram **imigrar** para cá.
migrar: mudar de uma região para outra: Essas famílias vão **migrar** por causa da seca inclemente.

eminente: alto, elevado, excelente: Não se esperava isso de pessoa **eminente** como ele.
iminente: próximo, que está para acontecer: As jandaias barulharam, anunciando chuva **iminente**.

era: época, tempo ou flexão do verbo ser: Estamos na **Era** espacial sem resolver os problemas da Terra.
hera: nome comum a diversas plantas trepadeiras: Não sei se gostarei de ver as paredes cobertas de **hera**.
exortar: incitar, encorajar, aconselhar, persuadir, admoestar: Não me alegraria por ter de **exortar** alguém a cumprir as leis.
exultar: jubilar-se, alegrar-se, regozijar-se: Sua presença aqui fez meu coração **exultar**.

falto: necessitado, desprovido, carente: Sem dinheiro para reposição, o depósito estava **falto** de mercadorias.
farto: abundante, repleto, cheio: Estou **farto** já dessa programação de mau gosto.

flagrante: de surpresa, evidente: Uma câmera escondida fez o **flagrante** da violência.
fragrante: cheiroso, perfumado, aromático: A passagem dela deixou **fragrante** o ar que respirávamos.

fluvial: próprio ou relativo aos rios: É preciso investir no transporte **fluvial** num país com tantos rios.
pluvial: próprio ou relativo à chuva: Você é obrigado a dar passagem para a água **pluvial**.

incipiente: principiante, que começa: É uma indústria **incipiente**, mas de boas perspectivas.
insipiente: ignorante, sem sabedoria: É difícil crer que ação assim **insipiente** partisse dele.

inflação: aumento da quantia em dinheiro necessária para a aquisição de bens (nesse sentido, há o antônimo **deflação***):* Por causa da **inflação**, o televisor que custava R$ 500,00, custa agora R$ 600,00.
infração: falta, desrespeito, violação de uma lei, ordem, tratado: Quem cometer **infração**, será devidamente penalizado.

infligir: aplicar pena, castigar: O juiz houve por bem **infligir** pena menor ao co-autor do delito.
infringir: violar, quebrar, desrespeitar: Estacionando aqui, você optou por **infringir** a lei.

laço: laçada, nó que se desata facilmente: Dê um **laço** mais firme nos cadarços desse tênis.
lasso: frouxo, enfraquecido: O corpo **lasso** denunciava o grande esforço do dia sob o sol inclemente.
lauta: suntuosa, magnífica: Fizemos **lauta** refeição na casa de Ambrósia.
lauda: folha de papel escrita: Escrevi uma **lauda** inteira para noticiar esse despropósito.

mantilha: manta que protege a cabeça e os ombros: A velhinha teceu a **mantilha** para a neta usá-la no frio.
matilha: grupo de cães: O animal, acuado pela **matilha**, atirou-se no rio e desapareceu.

olvido: esquecimento: Livros não podem ficar relegados ao pó e ao **olvido**.
ouvido: órgão da audição: Em certas ocasiões, é melhor que façamos **ouvidos** moucos.

paço: edifício nobre, palácio real ou episcopal: O **Paço** Municipal deu lugar a um prédio medíocre.
passo: modo de andar, caminhar: Ele caminhava com **passos** lentos por causa das dores.

pelo: contração da preposição per com o artigo o: Venha **pelo** caminho curto para chegar mais depressa.
pélo: do verbo pelar, tirar os pêlos: Enquanto você faz os temperos, eu **pélo** o porco.
pêlo: pelagem, pelugem, fios que crescem na pele: Encontrei **pêlo** de cachorro nas roupas das crianças.

pleito: questão em juízo, eleição: Não sou candidato a nada nesse **pleito**.
preito: sujeição; homenagem: Ela é digna do **preito** de seu povo pela ousadia e firmeza.

por: preposição que indica meio, instrumento etc.: Nessa excursão, viajaremos por terra ou **por** mar?
pôr: colocar, depositar, pousar: É favor não **pôr** os pés nas traves da cadeira.

ratificar: confirmar: Por não crer na afirmação, procurei alguém para **ratificar** a decisão.
retificar: tornar reto, corrigir: Não me diga que é preciso **retificar** o motor desse carro!
receptador: que recebe ou adquire produtos fraudulentos: Presos os ladrões, a polícia quer agora identificar o **receptador** da mercadoria.
receptor: que recebe, aparelho que capta som, imagem etc.: Comprei um **receptor** de ondas curtas para ouvir emissoras distantes.

recrear: divertir-se, folgar, brincar: Não só trabalhar é preciso; **recrear** também é necessário.
recriar: criar novamente: Tive de **recriar** o arranjo por imposição dos cantores.

sede (é): lugar em que algo está situado: Já inauguramos a nova **sede** da empresa nesta cidade.
sede (ê): vontade de beber: Quem tem diabetes, sente tanta **sede**!

soar: emitir ou produzir som: Ao **soarem** as doze horas, começaremos a cerimônia.
suar: transpirar: Basta um esforço maior para ela **suar** assim.

tacha: pequeno prego de cabeça larga e chata: Fixe o pôster com percevejo ou com **tacha**.
taxa: imposto, tributo: Um absurdo o valor da **taxa** de inscrição!

teia: rede feita pela aranha com fios que produz: Limpou a casa mas ainda há **teia** de aranha nos cantos.
telha: peça para cobertura de edifícios: Pode subir no telhado, mas não quebre nenhuma **telha**.

tenção: resolução, plano, intenção: Não tenho **tenção** de fazer isso por enquanto.
tensão: estiramento, retesamento: Há momentos em que ela fica sob **tensão** nervosa.

testo: enérgico, firme, sisudo, camada endurecida no fundo das anelas: Pensei encontrar ali um homem **testo**, mas me enganei.
texto: conjunto de frases escritas: Leia o **texto** silenciosamente para não perturbar outros leitores.

tráfego: grande movimento, fluxo de veículos, de mercadorias, de mensagens: O asfalto não vai agüentar o **tráfego** dessa rua.
tráfico: comércio ou negócio indecoroso: Dizem que é intenso o **tráfico** de drogas no Rio.
treplicar: responder a uma réplica, refutá-la: Se esse advogado replicar, terei de **treplicar** imediatamente.
triplicar: multiplicar por três: Em um ano, pretendo **triplicar** a produção da indústria.

Fixação estrutural

1. Neste diálogo, em dia muito frio no Sul do país, escreva nas lacunas as formas convenientes dos verbos **soar** e **suar**:

   – Vamos depressa que já _____ três horas.
   – Depressa, não! Veja como estou _____ .
   – Credo! Como pode alguém _____ tanto assim?
   – Suas palavras _____ como se eu estivesse doente.
   – Que nada! É normal que uma pessoa _____ .

– E por que você não _____ ?
– Como é que vou _____ com tanto frio?

2. Preencha as lacunas com uma das palavras entre parênteses:

a. Essa luz forte assim pode _____ a criança. (cegar/segar)
b. Encontrei-a com uma _____ cheia de pães. (cesta/sexta)
c. Não é confortável o _____ dessa cadeira. (acento/assento)
d. Minha conta não vai _____ da sua em nada. (deferir/diferir)
e. Por causa do frio, Rita cobre-se com a _____ . (mantilha/matilha)
f. Como passa sem _____ um olhar pra mim? (digerir/dirigir)
g. Aquela fechadura precisa de _____ imediato. (concerto/conserto)
h. Desconfiada já, a polícia prendeu-o em _____ . (flagrante/fragrante)
i. Para fazer um cinto assim, convém _____ bom. (coro/couro)
j. Muitas comidas caseiras são difíceis de _____ . (digerir/dirigir)

3. Reescreva as falas, substituindo os quadrados por **tachas** e **taxas**.

– Onde pôs as ❏ que pedi para pregar o pôster?
– Eu? Saí para pagar as ❏ do concurso. Caríssimas!
– Culpa sua! Ontem não havia multa nessas ❏ .
– Ontem fui comprar as ❏ para você.
– De que adiantou? As ❏ sumiram.
– Mas eu paguei as ❏ mesmo com multa.
– Ai!
– O que foi? Está doente?
– Não! Achei as ❏ quando sentei aqui no sofá!

4. Indique qual das palavras da coluna da direita substitui corretamente os quadrados destas frases:

a. Quando o calor ❏ o ferro, vai trincar
   a parede.   ( ) delatar   ( ) dilatar
b. Como esperava, o ❏ voltou por falta
   de fundos.   ( ) cheque   ( ) xeque
c. Por favor, esvazie a ❏ de lixo
   antes de sair.   ( ) cesta   ( ) sexta

d. Enfim, recapturaram o ❑ fugido do zoológico. ( ) cervo ( ) servo
e. Quem é que vai pagar o ❑ desse caminhão? ( ) concerto ( ) conserto
f. Temos três filiais, mas a ❑ mesmo é aqui. ( ) sede(é) ( ) sede(ê)
g. Rua de ❑ intenso precisa de boa sinalização. ( ) tráfego ( ) tráfico
h. Se erramos, vamos ❑ o que fizemos de errado. ( ) ratificar ( ) retificar
i. Quem quer ❑ o dedo no fogo pela garota? ( ) por ( ) pôr
j. Do galope passou ao trote e do trote, ao ❑ . ( ) paço ( ) passo
l. Neste espaço do jornal, uma só ❑ bastará. ( ) lauda ( ) lauta
m. Quem registrou o ❑ no caso do suborno? ( ) flagrante ( ) fragrante
n. Não quis o chinês ❑ para cá naquela situação. ( ) emigrar ( ) imigrar
o. De tanto lavar e escovar, o paletó estava ❑ . ( ) destinto ( ) distinto
p. Pegou pena, mas foi incapaz de ❑ o amigo. ( ) delatar ( ) dilatar
q. Impossível uma conta ❑ tanto assim de outra. ( ) deferir ( ) diferir
r. Quanto tempo leva para ❑ bucho de boi? ( ) coser ( ) cozer
s. Foi longa a ❑ do júri naquele julgamento. ( ) seção ( ) sessão
t. Convém ❑ a porta para que não arraste mais. ( ) cerrar ( ) serrar
u. Apelo para o ❑ de justiça de Vossa Excelência. ( ) censo ( ) senso
v. Para desfilar a cavalo na festa, comprei ❑ nova. ( ) cela ( ) sela
x. Quantos metros de ❑ construída tem a casa? ( ) área ( ) ária
z. O encontro no elevador foi ❑ sem importância. ( ) acidente ( ) incidente

Respostas das questões

Lição 1 (Emprego de *sob* e *sobre*) – página 3

1. a. 2   c. 1   e. 1   g. 2, 1   i. 2, 1
   b. 1   d. 2   f. 1, 2   h. 1, 2   j. 1, 2

2. a. sobre a cama   c. sobre a penteadeira   e. sob o tapete
   b. sob a cama   d. sobre o guarda-roupa   f. sob o tapete

3. a. sobre   b. sobre   c. sobre   d. sob   e. sob   f. sob

4. a. sob, sobre   c. sobre, sobre   e. sob, sobre
   b. sobre, sobre   d. sobre, sob

Lição 2 (Emprego de *mais, más, mas*) – página 5

1. a. más   e. más – mas – mais   i. más – mais
   b. mais   f. mais – mas   j. mais – mais
   c. mas   g. mais (ou más) – mas – mais
   d. Mais   h. más – mais

2. a. más   e. más – mas
   b. mas – más   f. mais – mas
   c. mais   g. mais – mas
   d. mais   h. mais

3. a. mas – mais – más   e. más – mas   i. más – más
   b. más – mais   f. mais – mas   j. mas – mais
   c. mais – mas   g. más – mas
   d. más – mais   h. mais – mas – mais

Lição 3 (Emprego de *meio* e *menos*) – página 6

1. a. menos   c. menos   e. meio   g. meio   i. meio   l. meio
   b. meio   d. meio   f. menos   h. menos   j. menos

2. a. meio   e. meio   i. meio
   b. menos   f. menos   l. meio
   c. meio   g. meio   m. menos
   d. menos   h. menos, menos

3. a. As moças estão meio magoadas porque ganharam menos fotografias.
   b. Ficamos menos tempo com você porque estávamos meio atrasados.
   c. Ficará meio curta a saia se você comprar menos tecido para ela.
   d. Há menos imprudência no trânsito porque as ruas estão meio congestionadas.
   e. É meio ríspida a carta porque a secretária redigiu-a com menos cautela.
   f. Quero menos discussão porque o tempo é meio exíguo.
   g. Não há menos mendicância nas ruas porque a vida de todos está meio complicada.

Lição 4 (Emprego de *qualquer* e *quaisquer*) – página 8

1. a. quaisquer bens... lhes forem confiados.
   b. quaisquer notícias
   c. quaisquer despesas suplementares correrão
   d. quaisquer pretextos
   e. quaisquer eventualidades
   f. quaisquer que fossem as decisões
   g. obstáculos, quaisquer que sejam, nós os
   h. quaisquer movimentos
   i. quaisquer ordens... forem transmitidas
   j. quaisquer que sejam as decisões

2. a. qualquer hora
   b. qualquer dia
   c. quaisquer divertimentos
   d. qualquer amizade
   e. quaisquer passeios
   f. qualquer coisa
   g. qualquer aproximação
   h. quaisquer dificuldades
   i. quaisquer intenções
   j. qualquer pontinha
   l. qualquer coisa

3. d

4. a. quaisquer – qualquer
   b. qualquer
   c. quaisquer
   d. qualquer
   e. quaisquer

Lição 5 (Emprego de -zinho(a) ou -inho(a)) – página 11

1. a. limpezinha
   b. cortininha
2. a. pozinho
   b. colarzinho
   c. pratinho
   d. paletozinho
   c. vitrozinho
   d. cafezinho
   e. elefantinho
   f. dinheirinho
   g. xicarazinha
   h. egüinha[1].
   e. folguinha
   i. lampadazinha
   j. animalzinho
3. a. cordãozinho
   b. pulseirinha
   c. anelzinho
   d. correntinha
   e. brochinho
   f. medalhinha
   g. bicicletinha
   h. velocipedezinho

Lição 6 (Emprego do sufixo -zinho(a) no plural) – página 13

1. d.
2. c
3. a. pãezinhos   b. caquizinhos   c. pasteizinhos   d. limõezinhos
4. a. dedaizinhos
   b. albunzinhos
   c. imãzinhos
   d. arvorezinhas
   e. mamõezinhos
   f. revolverezinhos
   g. atrizezinhas
   h. puloverezinhos
   i. faroizinhos
   j. animaizinhos

Lição 7 (Emprego de -ão ou -zão) – página 15

1. a. alemãozão
   b. bonitão
   c. paletozão
   d. jantarzão
   e. programão
   f. buracão
2. a. animalzão
   b. caminhãozão
   c. balcãozão
   d. camisolão
   e. anelzão
   f. sofazão
   g. pãozão
   h. livrão
   i. brincão
   j. tapetão
3. jardinzão.

---

1. Atenção para a necessidade de trema.

Lição 8 (Emprego de -íssimo(a)) – página 17

1. a. dulcíssimas
   b. friíssimas
   c. acutíssimos
   d. fidelíssima
   e. sacratíssima

2. a. bonitíssima
   b. comuníssimo
   c. fraquíssima
   d. feiíssimo²
   e. longuíssima
   f. popularíssima
   g. centralíssima
   h. agradabilíssimo
   i. velocíssimo
   j. essencialíssima

3. a. velocíssima
   b. agradabilíssima
   c. amicíssimos
   d. maluquíssima
   e. fraquíssimo
   f. caríssimo

4. c. Não houve caso na questão de adjetivo terminado em **m**.

Lição 9 (Emprego de **des-** como formador de **antônimos**) – página 20

1. a. desfazer
   b. desentupimento
   c. desânimo
   d. desconforto
   e. desembrulha
   f. desrespeito
   g. desamarre
   h. despregada
   i. descontente
   j. destranque

2. a. desgalhar   b. destrancar   c. destelhar   d. descabelar

3. a. desagasalhado – desabrigado
   b. desatento – desarmado
   c. desaparecimento – desunião
   d. desapertando – desregulada
   e. desajuste – desesperança
   f. desembolsou – desonesto
   g. desembarcou – desatracou
   h. desacordada – descobriram
   i. desprevenido – desfazer
   j. desamassar – desentortar

Lição 10 (Emprego de **in-** como formador de **antônimos**) – página 21

1. a. insucesso
   b. inadmissível
   c. insensibilidade
   d. irreal
   e. infeliz
   f. ilegal
   g. incapaz
   h. impaciência
   i. incorreta
   j. imortal

---

2. Aceita-se também **feíssimo**.

2. a. incomparável   b. irrepreensível   c. incontestável   d. irrecusável

3. a. inacabado – revogável
   b. procedente – irreprovável
   c. irresponsável – repreensível
   d. calculável – insuportável
   e. prudente – invulgar
   f. impopularidade – disciplina
   g. ilealdade – contestável
   h. piedoso – insuspeito
   i. inútil – dependesse
   j. perdoável – involuntário

4. n. útil: inútil

Lição 11 (Emprego de -ice como formador de substantivos) – página 24

1. a. criancice   b. velhice   c. criancice   d. maluquice   e. doidice

2. a. A tolice de Carlos prejudicou seus negócios.
   b. A maluquice do piloto comprometeu as provas.
   c. A ranzinzice de Astolfo afugenta os amigos.
   d. A pieguice do rapaz irritou os colegas.
   e. A carolice de Dirce comove os vizinhos.
   f. A caturrice de Anésia afastou seus pretendentes.
   g. A tagarelice de Clotilde cria problemas na escola.
   h. A sovinice de Estanislau intriga os parentes.
   i. A caduquice de Hilário faz as pessoas rirem dele.
   j. A peraltice de Conrado deixa a casa em polvorosa.

3. a. faceirice   c. bisbilhotice   e. ranzinzice
   b. meiguice   d. carolice   f. canalhice

4. a. balofo   d. gabola   g. idiota   j. piegas
   b. bobo   e. gaiato   h. parvo   l. sovina
   c. cafona   f. guloso   i. peralta   m. tolo

Lição 12 (Emprego de da, dá, do, dó) – página 26

1. a. do   f. do   l. dá   q. dó
   b. dá   g. da   m. dó   r. da
   c. do   h. dó   n. da   s. da
   d. dá   i. da   o. dó
   e. dó   j. dó   p. da

135

2. a. da – da – do   d. dá – da   g. dó – do – dá
   b. da – do – dó – da   e. dá – da   h. dá – da
   c. do – dá   f. da – dá – do   i. dó – dá

3. a. do   c. dó   e. dá   g. dá   i. dó   l. há
   b. da   d. dó   f. do   h. dó   j. do

Lição 13 (Emprego de *para, pára, por, pôr*) – página 28

1. a. por – para   e. pôr – para   i. pôr – por
   b. por – pára   f. pára – por   j. pára – pôr
   c. para – pára   g. para – pôr
   d. por – pôr   h. pára – para

2. a. para   e. pôr   i. pôr   n. pôr
   b. por   f. por   j. para   o. para
   c. por   g. pára   l. pôr
   d. pára   h. pôr   m. para

3. a. por – pôr – para – para
   b. para – para – pôr – por
   c. por – pára – para – pôr
   d. para – pôr – pôr – para

Letra **c**.

Lição 14 (Emprego de *há, tem e têm*) – página 30

1. a. tem   c. há   e. há   g. há   i. tem   l. há
   b. há   d. há   f. têm   h. há   j. há

2. Alternativa c. (há, tem, tem, têm, há)

3. a. há – tem   c. há – tem   e. tem – há
   b. tem – há   d. têm – tem

4. a. há   c. há   e. tem   g. há   i. têm
   b. tem   d. tem   f. há   h. há

Lição 15 (Emprego de *aonde, onde*) – página 32

1. a. aonde   c. onde   e. onde   g. onde   i. aonde
   b. onde   d. onde   f. aonde   h. onde   j. onde

2. 1. aonde – onde   5. onde – aonde   9. aonde – aonde
   2. onde – aonde   6. aonde – onde   10. aonde – onde
   3. onde – aonde   7. aonde – onde
   4. aonde – aonde   8. onde – aonde
   Períodos 4 e 9. Letra **d**.

3. a. aonde   c. aonde   e. onde   g. onde   i. onde   l. aonde
   b. onde   d. onde   f. onde   h. onde   j. aonde   m. onde

4. Marcos empregou mais vezes: cinco. A mãe empregou três vezes.

Lição 16 (Emprego de *ir a, ir de, ir em, ir para*) – página 34

1. a. ao   e. no   i. no   n. a
   b. no   f. ao   j. no   o. para
   c. no   g. ao   l. no
   d. no   h. no   m. ao

2. a. irei para   e. irá ao   i. irá a
   b. vou à   f. ir de   j. irão para
   c. ir a   g. ir em
   d. ia em   h. iremos a

3. a. ao   d. a   g. na   j. ao
   b. ao   e. ao   h. ao   l. ao
   c. a   f. no   i. na   m. na

Lição 17 (Emprego de *fico, fique, vejo, veja*) – página 36

1. a. vejo   c. veja   e. vejo   g. veja   i. fico   l. fico
   b. fique   d. veja   f. fique   h. fique   j. fique

2. fique (a), (e), (i)   vejo (b), (h)   fico (c), (g)   veja (d), (f), (j)

3. a. fico – vejo   c. fico – veja   e. fique – veja
   b. fique – veja   d. vejo – fico

4. a. fique – veja   c. fico – veja   e. vejo – fique
   b. vejo – fique   d. fico – fique

Apenas o período de letra **d** deve ser preenchido com **fico** e **fique**, respectivamente.

Lição 18 (Emprego de *esteja* e *seja*) – página 38

1. a. esteja   b. estejam   c. esteja   d. estejam   e. esteja

2. seja: (a), (c), (d) – sejam: (b), (e), (f)

3. a. esteja   b. seja   c. esteja   d. seja   e. esteja   f. esteja   g. seja   h. esteja

4. a. seja – estejam   e. seja – seja   i. seja – seja
   b. esteja – seja   f. esteja – seja – seja   j. seja – esteja
   c. seja – estejam   g. esteja – seja
   d. esteja – esteja – sejam   h. esteja – esteja

Apenas o período de letra **h** deve ter as lacunas preenchidas com o verbo **estar**.

Lição 19 (Emprego do verbo *fazer*) – página 40

1. a. Faz já três horas que estamos por aqui e vocês não fazem nada?
   b. Amanhã, fará três anos que vocês fizeram aquela cirurgia complicada.
   c. Se já faz três horas que vocês comeram, é bom que façam a tarefa.
   d. Os rapazes nos garantiram, faz três meses, que fariam esse trabalho para nós.
   e. Desde que os vendedores fizeram essa proposta, já fez três meses.
   f. Faz pelo menos três semanas que os animais fazem desses estragos.
   g. Não me importa se faz só três anos que os cidadãos fizeram o exame!
   h. Já faz três semanas que os doutores fizeram proposta semelhante a essa.
   i. Por que os gaviões fazem essas evoluções por ali já faz bem três horas?
   j. Quando elas fizeram a petição, o prazo caducara fazia três quinzenas.

2. a. faz			d. faz		g. faz		j. fez
   b. faz			e. fazem	h. faz		l. fazia (ou faz)
   c. fazem (ou farão)	f. faço		i. faz

3. a. faz – faço		e. faz – faço	i. faça – feito
   b. faz – faça		f. faz – fiz	j. faça – fizer – faz
   c. fizesse – faria	g. faz – fez
   d. faz – faz		h. faz – fazem

Lição 20 (Emprego de *vê, vêem, vem, vêm*) – página 42

1. a. vem		e. vê		h. vêem
   b. vê		f. vê – vê	i. vêm
   c. vêm		g. vêm		j. vêem
   d. vêm

2. a. vem	c. vêm		e. vê		g. vê		i. vê
   b. vê	d. vêem		f. vêm		h. vê

3. a. vêm	c. vem		e. vêem		g. vê
   b. vem	d. vem		f. vem

4. Alternativa **b**: vê, vêem; vêem, vê; vem, vêm; vêm, vem; vem, vêem.

Lição 21 (Emprego de *ver* e *vir* no futuro) – página 44

1. a. Tu darás o recado a ela se, quando vieres para cá, a vires aqui.
   b. Edi dará o recado a ela se, quando vier para cá, a vir aqui.
   c. Nós daremos o recado a ela se, quando viermos para cá, a virmos aqui.
   d. Vós dareis o recado a ela se, quando vierdes para cá, a virdes aqui.
   e. Elas darão o recado a ela se, quando vierem para cá, a virem aqui.

2. a. vir		c. vier		e. virmos (ou vier)
   b. vierem	d. vir		f. vieres

3. a. vir	d. vier		g. vir		j. vir		n. vir
   b. vier	e. vir		h. vier		l. vier		o. vier
   c. vier	f. vier		i. vir		m. vir

4. a. vier
   b. vir
   c. vires – vir (ou vier)
   d. virmos
   e. vir – vir
   f. vier – vir
   g. vir – vier
   h. vier – vir
   i. virmos – vier
   j. vier – vir

Lição 22 (Emprego de *particípio regular e irregular*) – página 47

1. a. prendido
   b. acendido
   c. morto
   d. ganhado
   e. preso
   f. expulsado
   g. salvado
   h. morto
   i. ganhado
   j. entregue

2. a. aceitado
   b. preso
   c. paga
   d. pagado
   e. imerso
   f. pega
   g. pego
   h. findo

3. a. fritado
   b. enxutas
   c. fritos
   d. mortos
   e. enxugado
   f. expulso
   g. incorrido
   h. elegido
   i. benquistas
   j. prendido

4. a. preso
   b. limpado
   c. suspenso
   d. morrido
   e. imerso

Lição 23 (Emprego de *morar, residir, residente, domiciliado, situado*) – página 49

1. a. em – em
   b. na
   c. na – na
   d. em – em
   e. na
   f. na
   g. na – na
   h. em – no
   i. na – em
   j. no – no

2. a. na
   b. na
   c. na (numa)
   d. na
   e. em
   f. no
   g. na

3. 1. em
   2. na
   3. em – na
   4. em
   5. na
   6. na – no
   7. na
   8. nos
   9. na – na
   10. no

São preenchidas com **em** as lacunas dos períodos 1 e 4 (letra **d**).

Lição 24 (Emprego de *a pouco* e *há pouco*) – página 51

1. a. há pouco   c. há pouco   e. há pouco – daqui a pouco
   b. daqui a pouco   d. daqui a pouco   f. daqui a pouco

2. a. há pouco   c. daqui a pouco   e. daqui a pouco   g. daqui a pouco
   b. há pouco   d. há pouco   f. daqui a pouco

3. a. Comprei há pouco a bicicleta com o dinheiro da mesada.
   b. Cristina e Genoísa embarcarão daqui a pouco naquele ônibus de linha.
   c. Ouvimos há pouco importante pronunciamento do prefeito.
   d. Daqui a pouco, alguém telefonará, avisando que aquele cheque voltou.
   e. Quem conversará comigo daqui a pouco será o irmão do Benedito.

4. a. daqui a pouco   e. daqui a pouco   i. daqui a pouco
   b. há pouco   f. há pouco   j. há pouco
   c. há pouco   g. daqui a pouco   l. daqui a pouco
   d. daqui a pouco   h. há pouco   m. há pouco

Lição 25 (Emprego de *mal* e *mau*) – página 53

1. a. mal   d. mal   g. mau   j. mal
   b. mal   e. mal   h. mal   l. mau
   c. mau   f. mal   i. mal

2. a. mal   e. mau – mal   i. mal – mal
   b. mau   f. mal – mal   j. mal – mau
   c. mal   g. mau – mal
   d. mal – mal   h. mau – mal

3. O período com a letra **d**.

4. a. mau – mal   c. mal – mau   e. mal – mal
   b. mal – mal   d. mal – mal   f. mal – mal

Devem ser preenchidos com **mal** e **mau** os períodos de letras **a** e **c**.

Lição 26 (Emprego de *mais bem* e *melhor*) – *página 55*

1. a. mais bem – melhor
   b. mais bem – melhor
   c. mais bem – melhor
   d. melhor – mais bem
   e. mais bem – melhor
   f. mais bem – melhor
   g. melhor – mais bem
   h. mais bem – melhor
   i. mais bem – mais bem
   j. melhor – melhor

2. a. mais bem
   b. melhor
   c. mais bem
   d. melhor
   e. melhor
   f. mais bem
   g. melhor
   h. melhor
   i. mais bem

3. a. melhor – mais bem
   b. melhor – mais bem
   c. melhor – mais bem
   d. mais bem – melhor
   e. mais bem – melhor
   f. mais bem – melhor
   g. melhor – melhor
   h. mais bem – melhor
   i. mais bem – melhor
   j. melhor – mais bem

Lição 27 (Emprego de *todo, toda, todo o, toda a, todos os, todas as*) – *página 57*

1. a. todo o
   b. todo
   c. todo
   d. todo o
   e. todos os
   f. todo
   g. todo o
   h. toda a
   i. toda a
   j. todo o

2. a. Todo funcionário pode fazer todos os reparos.
   b. Asfaltar todas as ruas dos bairros todo candidato promete.
   c. Todo o Brasil quer que todo político seja honesto.
   d. Toda a família apoiava toda atitude do pai.
   e. Em toda emergência, conte com todo o apoio de Rita.
   f. Todo cidadão consciente apóia toda a sua proposta.
   g. Todo estranho que se aproxime, faz toda a rua se assustar.
   h. Toda a semana de todo mês estou trabalhando aqui.
   i. Por esse preço, toda pessoa compra toda a boiada.

3. 1. toda a   3. todo o   5. todo   7. toda   9. todos os   11. todo o
   2. toda a   4. todo   6. toda a 8. todo o 10. toda a   12. toda a
   Deve ser preenchida com **todos os** a lacuna número **9**.

Lição 28 (Emprego de **para eu** e **para mim**) – página 59

1. a. para eu – para eu
   b. para eu – para mim
   c. para eu
   d. para eu
   e. para eu
   f. para eu – para mim
   g. para eu – para mim
   h. para eu – para mim
   i. para eu – para mim
   j. para mim

2. a. para mim c. para mim e. para eu g. para eu i. para mim
   b. para mim d. para eu   f. para eu h. para mim j. para eu

3. a. para eu – para eu
   b. para mim – para eu
   c. para eu – para mim
   d. para mim – para eu
   e. para mim – para mim
   f. para mim – para mim
   g. para eu – para mim
   h. para eu – para mim
   i. para mim – para eu
   j. para mim – para eu

4. Apenas no período **f**. A expressão **para mim** nada tem a ver com o infinitivo **acreditar**, tanto que pode ser deslocada sem alteração do sentido: Não sei, mas **para mim** parece impossível **acreditar** que mandaram algo tão preciso para mim.

Lição 29 (Emprego de **porque, porquê, por que, por quê**) – página 62

1. a. porquê
   b. por que
   c. por que
   d. por quê
   e. porque
   f. por quê
   g. porquê
   h. por quê
   i. porquê
   j. por que

2. a. por que   c. porque   e. porquê   g. porquê
   b. por quê   d. porquê   f. por que h. porque

3. a. porquê – por que
   b. por que – porque
   c. por que – porquê
   d. por que – porque
   e. porque – por quê
   f. por que – por que
   g. por que – porquê
   h. porque – porque
   i. por que – porque
   j. porque – por quê

4. a. por que   f. por que   l. porque   q. por que
    b. porque   g. porque   m. por que   r. porque
    c. por quê   h. por que   n. por que   s. por que
    d. porquê   i. por que   o. por que
    e. porque   j. por que   p. porque

Lição 30 (Emprego de *é boa, é bom, são boas, são bons*) – página 64

1. a. Conversa é bom para eliminar as dúvidas.
    b. Bem sei que verdura é bom na alimentação.
    c. Sabemos também que arroz é bom para a saúde.
    d. Aperitivos é bom para nos abrir o apetite.
    e. Frutas é bom para fazer suco gelado.

2. a. Os cigarros são bons para quem quer ter câncer.
    b. A chuveirada agora é boa para nos refrescar.
    c. Para aqueles que a recebem, a herança é boa.
    d. A cera é boa para dar certa proteção à lataria.
    e. Você sabe que a cerveja é boa como diurético?

3. a. é bom   c. são boas   e. é bom   g. é bom
    b. é boa   d. é bom   f. são bons

4. a. são bons   e. é bom   i. são boas
    b. é boa   f. são boas   j. é boa
    c. é bom   g. é bom
    d. são bons   h. é bom

5. Nos períodos **b** e **j** ocorreu **é boa**, pois as palavras a que se referem são femininas (limonada, advertência) e estão acompanhadas de artigo (uma), não podendo ocorrer **é bom**.

Lição 31 (Emprego dos prefixos *ante-, anti- e re-*) – página 67

1. a. repôs   b. reaparecer   c. recontou   d. reapareci   e. reexplicar

2. a. anti-rábicas   c. anteontem   e. anti-semitas   g. anticonstitucional
    b. antiácido   d. antevisão   f. antepassados   h. antebraço

3. a. anteontem
   b. anti-social
   c. rever
   d. revisse
   e. anteprojeto
   f. antidiluvianos
   g. refazendo
   h. rebate
   i. anticapitalistas
   j. antiácido
   l. anti-rábico
   m. antepenúltimo

4. a. anti-higiênico – reaproveitar
   b. repintar – ante-sala
   c. antebraço – reorganizou
   d. antiética – reformulação
   e. recomeçou – anteato

5. a. antecâmara – anticaspa
   b. antianêmico – refazer
   c. antevéspera – reconheceu
   d. reavaliarmos – anteprojeto
   e. reaplicar – anticorrosivo

Lição 32 (Emprego de cujo, cuja, cujos, cujas) – página 69

1. a. O homem cujas barbas estavam crescidas era estranho.
   b. Encontrei aquela casa cujos muros são muito altos.
   c. Aquela mulher cuja criança chora está doente.
   d. Não vi o homem com cujos irmãos você falou ontem.
   e. Apreciei muito os turistas em cuja companhia viajei.
   f. O menino cujos pés estavam descalços ria do palhaço.
   g. Já conhecia bem a moça com cujos pais conversei.
   h. O projeto contra cuja aprovação lutamos foi aprovado.
   i. Elogiei a testemunha de cuja sinceridade gostei.

2. a. cuja   c. de cuja   e. contra cuja   g. cujo
   b. em cuja   d. com cujos   f. a cujos

3. a. cuja   c. cuja   e. de cujo   g. cuja
   b. cujos   d. em cuja   f. cuja   h. cujo

Lição 33 (Emprego de pronomes oblíquos átonos com função possessiva) – página 72

1. a. louvo-te a decisão – admiro-te o esforço
   b. machucaram-nos os corações
   c. me leias as cartas
   d. te acariciar os cabelos
   e. Roubaram-me a carteira
   f. tocar-vos as mãos
   g. lhe veja os pés
   h. vos pintou o rosto
   i. lhe corta os cabelos
   j. massageiam-me o ego

2. a. saber-lhe o nome
   b. admirar-lhe a beleza
   c. segurar-lhe as mãos
   d. acariciar-lhe os cabelos
   e. beijar-lhe a testa
   f. conhecer-lhe o namorado
   g. Estragaram-me o dia

3. a. dói-me o estômago
   b. aguça-nos a curiosidade
   c. dilapidaram-lhe a fortuna
   d. arrombaram-lhe o carro
   e. fito-lhe os olhos
   f. latejam-me as veias.
   g. rabiscaram-me o caderno
   h. comprimiu-me o ventre
   i. Pulsa-te o coração

Lição 34 (Emprego de **pronomes oblíquos átonos depois do verbo**) – página 74

1. a. vê-lo
   b. comê-los
   c. pedi-los
   d. conheço-os
   e. fá-lo

2. a. fechou-a
   b. pegou-os e pô-los
   c. procurá-la sem encontrá-la
   d. enfiou-a num vão e fê-la funcionar
   e. tiraram-nos
   f. limpou-as e pô-las numa caixa
   g. cumprimentaram-nas e ouviram-nas responderem
   h. fecha-o e põe-no no alto da estante
   i. pu-la sobre uma longa mesa
   j. dêem-nos ao asilo

3. a. Compreendi-a
   b. lê-las
   c. conhecê-la
   d. fá-las
   e. pô-lo
   f. pô-lo
   g. fi-la

Lição 35 (Emprego de **preposição antes do pronome relativo que**) – página 77

1. a. em
   b. de
   c. a
   d. contra
   e. com

2. a. que
   b. em que
   c. de que
   d. em que
   e. a que
   f. que

3. a. de que   c. que   e. contra que   g. de que
   b. em que   d. com que   f. a que

4. a. de   e. por   i. –
   b. em   f. contra   j. –
   c. –   g. a
   d. de   h. com
   Nas lacunas **c**, **i** e **j** não há preposição.

Lição 36 (Emprego de verbos com a palavra *se*) – página 79

1. a. Luta-se contra as injustiças
   b. Consertam-se relógios
   c. Lavam-se tapetes
   d. Confia-se em clientes
   e. Necessita-se de compreensão
   f. Vendem-se alguns terrenos
   g. Plastificam-se documentos
   h. Anseia-se por benefícios
   i. Confeccionam-se roupas
   j. Escrevem-se cartas

2. a. Vendem-se casas.
   b. Compra-se ouro.
   c. Precisa-se de digitadoras.
   d. Consertam-se impressoras.
   e. Necessita-se de enfermeiras.
   f. Contratam-se cobradores.
   g. Anseia-se por salários melhores.

3. **Vendas e locações:**
   Vendem-se (ou alugam-se) duas casas
   Vende-se (ou aluga-se) uma sala
   Vende-se (ou aluga-se) terreno
   Vendem-se (ou alugam-se) lojas
   Empregos:
   Precisa-se (ou necessita-se) de costureiras
   Oferece-se vaga para balconista
   Precisa-se (ou necessita-se) de empregada
   Admitem-se vendedores
   Negócios:
   Procura-se barracão
   Vendem-se dois alto-falantes
   Compram-se (ou vendem-se) ações
   Pintam-se faixas políticas
   Precisa-se de sócio
   Imprimem-se folhetos

Lição 37 (Emprego de um **adjetivo** para **dois ou mais** substantivos) – página 82

1. a. uma rosa e um cravo cheirosos
   b. vestidos e jóias caros
   c. antigos amigos e namoradas
   d. bebida e salgados suficientes
   e. valiosa pulseira e brinco
   f. peixe e camarão frescos
   g. amplo salão e área de lazer
   h. bela moça, rapaz e criança
   i. corrente, anel e pulseira caros
   j. fruta e doce deliciosos assim

2. a. linda   c. brancos
   b. vermelhos   d. comprida

3. Respostas pessoais. Indicamos apenas o gênero e o número do adjetivo escolhido:
   a. masculino plural   d. masculino plural   g. masculino singular
   b. masculino plural   e. feminino plural   h. masculino plural
   c. masculino plural   f. masculino singular i. feminino singular

4. Deve ocorrer adjetivo feminino: plural no período de letra **e**; feminino singular no período de letra **i**.

Lição 38 (Emprego do **verbo** com **sujeito simples**) – página 84

1. a. está ou estão   e. carrega ou carregam   i. deseja
   b. sabe   f. acione   j. aumentei
   c. carrega ou carregam   g. está ou estão
   d. desfilam   h. podereis

2. a. adormeci
   b. adormecemos
   c. adormecestes

3. a. faria ou fariam
   b. faria
   c. faria ou fariam

148

4. a. recusou ou recusaram
   b. recusou
   c. recusastes

5. a. P1 – dormem
   b. P2 – pegou
   c. P1 – viajam
   d. P2 – viaja
   e. P1 – confirmam
   f. P2 – refere
   g. P1 – acordaram
   h. P2 – acordou
   i. P1 – estão

6. a. P1 – dorme
   b. P2 – pegaram
   c. P1 – viaja
   d. P2 – viajam
   e. P1 – confirma
   f. P2 – referem
   g. P1 – acordou
   h. P2 – acordaram
   i. P1 – está

Lição 39 (Emprego do verbo com sujeito composto) – página 87

1. a. trareis   b. trareis   c. trareis
2. a. continua   b. continua ou continuam   c. continua ou continuam
3. a. impedirá   b. impediremos   c. impedirá ou impedirão
4. a. combinamos
   b. pretendeis
   c. irei ou iremos
   d. existe ou existem
   e. existem
   f. existe ou existem
   g. existe
   h. existirá ou existirão
   i. sabe
   j. estareis
5. a. providenciarão
   b. apareceu
   c. Chegou ou chegaram
   d. continua
   e. chegastes
   f. continuais
   g. fará
   h. examinamos
   i. quero ou queremos
   j. Virá ou virão

Lição 40 (Emprego de *e* ou *vírgula* nos numerais cardinais) – página 90

1. a. oito milhões, quinhentos e quarenta e sete mil, quatrocentos e três e meio quilômetros quadrados
   b. quatorze milhões, oitocentos e quarenta e cinco mil, quinhentos e dois habitantes
   c. cinco mil e um reais e oitenta e nove centavos
   d. dois milhões, trezentos e cinqüenta mil e oitenta e nove

e. cento e três horas
f. oitocentas e setenta e seis mil e seiscentas horas
g. um milhão de gramas
h. onze mil, duzentos e sessenta e três reais e cinqüenta e oito centavos
i. um bilhão, setecentos e cinqüenta e três milhões, oitocentos e sessenta e seis mil, quatrocentos e cinqüenta e três reais
j. uma tonelada, duzentos e trinta e três quilogramas e seiscentos e vinte e cinco gramas

2. a. mil, quinhentos e vinte e três reais
b. dois mil, cento e quinze reais
c. três mil, seiscentos e sessenta e nove reais
d. três mil, seiscentos e trinta e oito reais
e. trinta e um em dinheiro
f. trinta e um reais; vinte e cinco...

3. a. quatorze toneladas, seiscentos e trinta e dois quilogramas, quatrocentos e oitenta e seis gramas
b. cento e cinqüenta quilômetros, duzentos e cinqüenta e cinco metros
c. quatrocentos e vinte hectares e vinte e cinco décimos
d. vinte e três horas, trinta e cinco minutos e quinze segundos
e. cinco mil, oitocentos e noventa e quatro reais e cinqüenta e seis centavos
f. cento e quinze mil, seiscentos e noventa e seis reais e trinta e dois centavos
g. dezoito mil, seiscentos e dezenove dólares americanos e quarenta e cinco centavos
h. noventa e seis mil e um dólares americanos e vinte e cinco centavos
i. cento e trinta e cinco mil, seiscentos e quarenta e nove
j. cem milhões e duzentos mil
l. trinta e oito bilhões, novecentos e um milhões e um
m. dois trilhões, seiscentos e noventa e cinco bilhões, oitocentos e setenta e dois milhões, quatrocentos e quinze mil, seiscentos e dezoito

Lição 41 (Emprego dos **numerais ordinais**) – *página 93*

1. a. décima segunda
   b. primeiro
   c. décimo primeiro

2. a. o ducentésimo ano
   b. o qüingentésimo ano
   c. o trigésimo primeiro disco e a ducentésima décima música
   d. a milésima trecentésima sexta página
   e. a setingentésima sexagésima sexta defesa
   f. o trecentésimo décimo oitavo dia
   g. da sexcentésima qüinquagésima sexta página
   h. o milésimo dia
   i. o décimo segundo ano
   j. terceiro capítulo, trigésimo oitavo versículo

3. a. quadragésima oitava
   b. vigésima nona quadra
   c. vigésimo primeiro
   d. décimo quinto
   e. trigésimo quinto
   f. qüinquagésimo
   g. décimo nono

Lição 42 (Emprego do **acento grave indicador da crase**) – *página 96*

1. a. à – a   c. a – à   e. à – às   g. as – a   i. àquela – a
   b. às – a – à   d. a – à   f. às – a   h. a – à   j. às – à – a

2. a. à   d. a   g. à   j. à
   b. às   e. A   h. àquela l. a
   c. a   f. à   i. à

3. a. àquelas – àquele   b. àqueles – àquilo   c. àquele – aquele

4. a. Não vi a mulher entrar certamente porque dava leite à gata.
   b. Contei à madrinha que darei no aniversário um presente a ela.
   c. Alguém então pediu à alemã que desse a égua à nora?
   d. Fiz um elogio à médica pela atenção que dedicou à atriz.
   e. Solicitei à tabeliã que mandasse a secretária chamar a inquilina.
   f. Aplaudiram a pianista e solicitaram a ela que repetisse a música.
   g. Só dei esmola à mendiga uma vez porque não a vi mais.

Lição 43 (Emprego da vírgula) – página 99

1. a. Você não acredita, *prezado amigo*, que o procurei por toda parte.
   b. *Prezado amigo*, sinto dizer-lhe que é impossível ajudá-lo agora.
   c. Não posso deixar de avisá-lo, *prezado amigo*, que a dívida venceu.

2. a. Moro na Rua João Cardoso, 151, bloco 3, apartamento 408.
   b. Hoje conversei com Luísa, Marcos, Praxedes e Alcebíades.
   c. Ainda hoje vou mandar pagá-lo, aliás, mandei ontem mesmo.
   d. Abri o portão, caminhei até a porta, abri-a, entrei e sentei-me.
   e. Tudo pode ser explicado, mas não hoje, pois estou com pressa.
   f. Amanhã, quando anoitecer, sairemos os dois, digo, os três.
   g. Indo à feira, traga couve-flor, tomate, repolho, grão-de-bico e uva.

3. – Amigo, ouve esse barulhão?
   – Ouço vozes, gritos, choro...
   – O navio está afundando, amigo.
   – Acredito, pois o senhor, gente séria, diz.
   – Já saíram crianças, mulheres, idosos...
   – Então a Ana, minha mulher, saiu.
   – Ó senhor, não vai tomar providência?
   – Eu? Não sou o comandante...

4. Nesta carta, indique os locais em que as vírgulas são necessárias:

João Pessoa, 15 de janeiro de 2004.

Querida Luísa,

Há meses, enviei-lhe um cartão, depois uma carta e, mais tarde, um telegrama. Você, minha querida, não me deu retorno. Pensei, então, que estivesse impossibilitada de se comunicar por excesso de trabalho, por viagem, por doença ou por qualquer outra circunstância.

Passados tantos dias, escrevo de novo. Agora, outra vez, quero ressaltar que meus sentimentos por você estão mais intensos. A saudade, cada vez maior. A vontade de vê-la, insuportável. Dificilmente, porém, poderei visitá-la, amada Luísa, pois mudei de emprego, de cidade e de Estado.

Por favor, escreva-me hoje, querida, e enderece a carta para Rua Botelho Pinto, 33, apartamento 608.

Com ardoroso beijo, despeço-me apaixonadamente.

Virgílio

P.S.: Anote também: CEP 58030-120.

Lição 44 (Plural das **palavras compostas**) – página 102

1. a. pães-de-ló, babas-de-moça e marias-moles
   b. couve-flores, nozes-moscadas, grãos-de-bico e chapéus-de-couro
   c. porcos-espinhos, tatus-bolas (ou tatus-bola), beija-flores e bem-te-vis
   d. pés-de-cabra e amassaram pára-lamas e pára-choques

2. a. amarelo-ovo
   b. bananas-maçã
      (ou bananas-maçãs)
   c. bota-foras
   d. buscapés
   e. cartas-bilhetes
   f. clarabóias
   g. os louva-a-deus
   h. mulas-sem-cabeça
   i. passatempos
   j. porta-vozes
   l. saca-rolhas
   m. sempre-vivas
   n. surdos-mudos
   o. tico-ticos
   p. varapaus

3. a. olhos-de-sogra
   b. pés-de-moleque
   c. bons-bocados
   d. sempre-vivas
   e. bem-me-queres
   f. bocas-de-leão
   g. verdes-garrafas
      (ou verdes-garrafa)
   h. azul-escuras
   i. mata-burros

4. a. mulas-sem-cabeça
   b. amarelo-limão
   c. barbas-de-bode
   d. tico-ticos
   e. bananas-maçã
      (ou bananas-maçãs)
   f. arrasta-pés
   g. madressilvas
   h. alto-falantes
   i. teco-tecos
   j. salta-martins

Lição 45 (Emprego de certas palavras **homônimas e parônimas**) – página 104

1. a. soam b. suando c. suar d. soam e. sue f. sua g. suar

2. a. cegar
   b. cesta
   c. assento
   d. diferir
   e. mantilha
   f. dirigir
   g. conserto
   h. flagrante
   i. couro
   j. digerir

3. a. tachas b. taxas c. taxas d. tachas e. tachas f. taxas g. tachas

4. a. dilatar
   b. cheque
   c. cesta
   d. cervo
   e. conserto
   f. sede (é)
   g. tráfego
   h. retificar
   i. pôr
   j. passo
   l. lauda
   m. flagrante
   n. imigrar
   o. destinto
   p. delatar
   q. diferir
   r. cozer
   s. sessão
   t. serrar
   u. senso
   v. sela
   x. área
   z. incidente

Índice remissivo*

• A
acento grave *(L 42)* **109**
-ão *(L 7)* **16**
aonde *(L 15)* **36**
ante- (prefixo) *(L 31)* **76**
anti- (prefixo) *(L 31)* **76**
a pouco *(L 24)* **58**

• C
concordância nominal *(L 37)* **94**
concordância verbal (sujeito composto) *(L 39)* **100**
concordância verbal (sujeito simples) *(L 38)* **97**
crase *(L 42)* **109**
cujo e suas flexões *(L 32)* **79**

• D
da *(L 12)* **30**
dá *(L 12)* **30**
des- (prefixo) *(L 9)* **22**
do *(L 12)* **30**
dó *(L 12)* **30**
domiciliado *(L 23)* **56**

• E
é boa *(L 30)* **73**
é bom *(L 30)* **73**
ênclise *(L 34)* **85**
e (nos numerais cardinais) *(L 40)* **103**
esteja *(L 18)* **43**

• F
fazer *(L 19)* **45**
fico *(L 17)* **41**
fique *(L 17)* **41**
flexão de diminutivos com -zinho(a) *(L 6)* **14**
flexão de qualquer *(L 4)* **9**

• H
há *(L 14)* **34**
há pouco *(L 24)* **58**
homônimas (palavras) *(L 45)* **119**

• I
-ice (sufixo) *(L 11)* **27**
in- (prefixo) *(L 10)* **24**
-inho(a) *(L 5)* **12**
ir a *(L 16)* **38**
ir de *(L 16)* **38**
ir em *(L 16)* **38**
ir para *(L 16)* **38**
-íssimo(a) *(L 8)* **19**

• M
mais *(L 2)* **5**
mais bem *(L 26)* **62**
mal *(L 25)* **60**
mas *(L 2)* **5**
más *(L 2)* **5**
mau *(L 25)* **60**
meio *(L 3)* **7**
melhor *(L 26)* **62**

---

* Os números dos parênteses indicam a lição em que o assunto é tratado.

menos *(L 3)* **7**
morar *(L 23)* **56**

• N
numerais ordinais *(L 41)* **106**
numerais cardinais (**e** e **vírgula**)
   (L 40) **103**

• O
onde *(L 15)* **36**

• P
palavras compostas (plural)
   (L 44) **116**
palavras homônimas (relação)
   (L 45) **119**
palavras parônimas (relação)
   (L 45) **119**
para *(L 13)* **32**
pára *(L 13)* **32**
para eu *(L 28)* **67**
para mim *(L 28)* **67**
parônimas (palavras) *(L 45)* **119**
particípio irregular *(L 22)* **53**
particípio regular *(L 22)* **53**
plural dos compostos *(L 44)* **116**
por *(L 13)* **32**
pôr *(L 13)* **32**
porque *(L 29)* **70**
porquê *(L 29)* **70**
por que *(L 29)* **70**
por quê *(L 29)* **70**
preposição antes de pronome
   relativo *(L 35)* **88**
pronomes átonos oblíquos com
   função possessiva *(L 33)* **82**
pronomes átonos oblíquos
   depois do verbo *(L 34)* **85**

• Q
qualquer *(L 3)* **7**

quaisquer *(L 4)* **9**
que (preposicionado) *(L 35)* **88**

• R
re- (prefixo) *(L 31)* **76**
residente *(L 23)* **56**
residir *(L 23)* **56**

• S
são boas *(L 30)* **73**
são bons *(L 30)* **73**
se (com verbos) *(L 36)* **91**
seja *(L 18)* **43**
situado *(L 23)* **56**
sob *(L 1)* **3**
sobre *(L 1)* **3**

• T
tem, têm *(L 14)* **34**
toda, todo *(L 27)* **64**
toda a, todo o *(L 27)* **64**
todas as, todos os *(L 27)* **64**

• V
vê, vêem *(L 20)* **48**
veja, vejo *(L 17)* **41**
vem, vêm *(L 20)* **48**
ver *(L 21)* **50**
verbos com a palavra **se**
   (L 36) **91**
vir *(L 21)* **50**
vírgula *(L 43)* **113**
vírgula (nos numerais cardinais)
   (L 40) **103**

• Z
-zão *(L 7)* **16**
-zinho(a) *(L 5)* **12**
-zinho (plural) *(L 6)* **14**

Bibliografia

ALMEIDA, Napoleão Mendes de. *Gramática metódica da língua portuguesa.* 35. ed. São Paulo: Saraiva, 1988.

_____. *Dicionário de questões vernáculas.* São Paulo: Ática, 1996.

AMARAL, Emília; SEVERINO, Antônio e PATROCÍNIO, Mauro Ferreira. *Novo manual Nova Cultural.* São Paulo: Nova Cultural, 1991.

BARBOSA, Osmar. *Dicionário de verbos da língua portuguesa.* Rio de Janeiro: Edições de Ouro, 1970.

BARRETO, Mário. *Novos estudos da língua portuguesa.* 3. ed. Rio de Janeiro: Presença/INL, 1980.

_____. *Novíssimos estudos da língua portuguesa.* 3. ed. Rio de Janeiro: Presença/INL, 1980.

BARROS, Albertina Fortuna; JOTA, Zélio dos Santos. *Verbos.* Rio de Janeiro: Fundo de Cultura, s/d.

BECHARA, Evanildo. *Lições de português pela análise sintática.* Rio de Janeiro: Fundo de Cultura, s/d.

_____. *Moderna gramática portuguesa.* 31. ed. São Paulo: Nacional, 1987.

BORBA, Francisco da Silva. *Pequeno vocabulário de lingüística moderna.* São Paulo: Nacional/Edusp, 1971.

BUENO, Francisco da Silveira. *Questões de Português.* São Paulo: Saraiva, 1957. 2 vols.

CÂMARA JR., J. Mattoso. *Estrutura da língua portuguesa.* 16. ed. Petrópolis: Vozes, 1986.

_____. *Princípios de lingüística geral.* 3. ed. Rio de Janeiro: Acadêmica, 1970.

CEGALLA, Domingos Paschoal. *Novíssima gramática da língua portuguesa.* 30. ed. São Paulo: Nacional, 1996.

_____. *Dicionário de dificuldades da língua portuguesa.* Rio de Janeiro: Nova Fronteira, 1996.

CIPRO NETO, Pasquale e INFANTE, Ulisses. *Gramática da língua portuguesa.* São Paulo: Scipione, 1997.

COUTINHO, Ismael de Lima. *Pontos de gramática histórica.* Rio de Janeiro: Acadêmica, 1958.

CUNHA, Celso. *Gramática do português contemporâneo.* Belo Horizonte: Bernardo Álvares, 1970.

_____ & CINTRA, Lindley. *Nova gramática do português contemporâneo*. 3. ed. Rio de Janeiro: Nova Fronteira, 1985.

FERNANDES, Francisco. *Dicionário de regimes de substantivos e adjetivos*. Porto Alegre: Globo, 1974.

_____. *Dicionário de verbos e regimes*. 33. ed. Porto Alegre: Globo, 1983.

FERREIRA, Aurélio Buarque de Holanda. *Novo dicionário Aurélio*. Rio de Janeiro: Nova Fronteira, 1986.

GONÇALVES, Maximiano Augusto. *Dicionário de dificuldades da língua portuguesa*. Rio de Janeiro: Edições de Ouro, 1969.

GUÉRIOS, Rosário Farâni Mansur. *Português ginasial*. São Paulo: Saraiva, 1963.

_____. *Dicionário de etimologias da língua portuguesa*. São Paulo: Nacional, 1979.

GUIMARÃES, João. *Linguagem correta*. Rio de Janeiro: Fundo de Cultura, s/d.

JOTA, Zélio dos Santos. *Dicionário de dificuldades da língua portuguesa*. Rio de Janeiro: Fundo de Cultura, s/d. 2 vols.

JUCÁ (filho), Cândido. *Dicionário escolar das dificuldades da língua portuguesa*. Brasília: MEC/Fename, s/d.

KURY, Adriano da Gama. *Pequena gramática para explicação da nova nomenclatura gramatical*. 5. ed. Rio de Janeiro: Agir, 1960.

_____. *Gramática fundamental da língua portuguesa*. São Paulo: Lisa, 1972.

_____. *Ortografia, pontuação, crase*. Rio de Janeiro: Fename, 1982.

_____. *Para escrever e falar melhor o português*. Rio de Janeiro: Nova Fronteira, 1989.

_____ & OLIVEIRA, Ubaldo L. de. *Gramática objetiva da língua portuguesa*. 5. ed. Rio de Janeiro: 1983. 2 vols.

LEME, Odilon Soares. *Tirando dúvidas de português*. São Paulo: Ática, 1992.

LIMA, Carlos Henrique da Rocha. *Gramática normativa da língua portuguesa*. 23. ed. Rio de Janeiro: José Olympio, 1983.

LUFT, Celso Pedro. *Dicionário gramatical da língua portuguesa*. Porto Alegre: Globo, 1967.

_____. *Moderna gramática brasileira*. 5. ed. Porto Alegre: Globo, 1983.

_____. *Dicionário prático de regência nominal*. São Paulo: Ática, 1987.

_____. *Dicionário prático de regência verbal*. São Paulo: Ática, 1992.

MACAMBIRA, José Rebouças. *A estrutura morfo-sintática do português*. 4. ed. São Paulo: Pioneira, 1982.

MACHADO FILHO, Aires da Mata. *Português fora das gramáticas*. Belo Horizonte: Sideroniana, 1964.
MACEDO, Walmírio. *Novo e completo dicionário de gramática*. Rio de Janeiro: Edições de Ouro, 1969.
MARTINS, Eduardo. *Com todas as letras*. São Paulo: Moderna, 1999.
NICOLA, José de e INFANTE, Ulisses. *Gramática contemporânea da língua portuguesa*. São Paulo: Scipione, 1989.
NICOLA, José de e TERRA, Ernani. *1001 dúvidas de português*. São Paulo: Saraiva, 1997.
OLIVEIRA, Édison de. *Todo mundo tem dúvida, inclusive você*. Porto Alegre: Professor Gaúcho, s/d.
PERINI, Mário A. *Para uma nova gramática do português*. São Paulo: Ática, 1985.
POITIER, Bernard; AUDUBERT, Albert e PAIS, Cidmar Teodoro. *Estruturas lingüísticas do português*. São Paulo: Difusão Européia do Livro, 1972.
RYAN, Maria Aparecida. *Conjugação dos verbos em português*. São Paulo: Ática, s/d.
SACCONI, Luiz Antonio. *Não erre mais*. 7. ed. São Paulo, Ática, s/d.
_____. *Gramática em tempo de comunicação*. São Paulo: Nacional, 1976.
SILVA, Adalberto Prado e. *Novo dicionário Melhoramentos*. São Paulo: Melhoramentos, 1968.
SILVA, Deonísio. *De onde vêm as palavras*. São Paulo: Mandarim, 1997, vols. I e II.
STEINBERG, Martha. *1001 provérbios em contraste*. São Paulo: Ática, 1985.
TORRES, Artur de Almeida. *Moderna gramática expositiva da língua portuguesa*. 11. ed. Rio de Janeiro: Fundo de Cultura, s/d.
UBIALI, Nélson Attílio. *Do latim ao português sem dicionário*. Londrina: UEL, 1998.